Evamarie Taferner/Im Dunkel der Donauauen

Evamarie Taferner

Im Dunkel der Donauauen

Erzählung

Edition
Geschichte der Heimat

Meinen Kindern gewidmet
und all denen, die die Donauauen
lieben und erhalten

Umschlaggrafik: Hubert Taferner
Idee und Konzept: Gerhard Weinmüller
Realisierung und Layout: Werbegrafik Mag. Albert Lichtner, Linz
Satz: margot.haag@pixeline.at
Gesamtherstellung: Buchverlag Franz Steinmaßl, A-4264 Grünbach
ISBN: 3-902427-07-8

Die Abendsonne ließ noch einmal das Olivgrün der Weiden sanft aufglänzen, bevor sich ihre lang ausgreifenden Schatten in der Dämmerung verloren. Das tiefe Blau des Himmels war längst dem blassen Silber des scheidenden Tages gewichen. Ein leichter Abendwind hatte sich erhoben. Er trug Martin Waldner die typischen Geräusche abendlicher Tätigkeiten von den umliegenden Bauernhäusern zu. Nachdenklich wanderte er den vertrauten Weg zum Ufer der Aschach hinunter. Es war fast wie eine Heimkehr. Viele seiner Vorfahren waren, wie auch er, in dieser Gegend aufgewachsen.

Mit achtzehn Jahren ergriff er auf Wunsch seines Vaters den Beruf eines Kriminalbeamten. Damit tauschte er die unbegrenzte Freiheit der Weite der Donauauen mit der Beengtheit der Großstadt ein.

Unverändert führte dieser Pfad mitten durch die Wiesen, die gerade jetzt die bunteste Palette an Farben boten.

Wie schön, dass Franz noch nicht gemäht hat, freute sich Waldner. Franz Roitner war sein Freund von Kindheitstagen an. Sein Bauernhof lag noch behaglich im Schein der untergehenden Sonne, rot glühten die Fensterscheiben zu ihm herüber. Jenseits des Baches, schon im Schatten der Weiden, stand die alte Mühle wie eh und je. War denn die Zeit stehen geblieben?

Der Geruch des Wassers nach Fisch und Schlamm stieg aus der Tiefe, vertraut seit der Kindheit. Mächtige Erlen beugten sich wie damals über den Bach, um sich im dunklen Wasser zu spiegeln. Wie träg und geheimnisvoll es nun im Abendlicht vor ihm lag.

Nichts hatte sich verändert. Auch der alte Bretterverschlag, der zur Aufbewahrung der Ruder und vielerlei Fischergeräte diente, war am selben Platz. Sein Alter hatte ihn nur noch schiefer und buckliger gemacht.

Nun stand Martin an der vertrauten Stelle, an der schon immer die schweren Holzzillen im Wasser lagen. Früher waren es viele gewesen, heute fand er nur eine vor. Behutsam legte er Ruder, Decke und Rucksack in das Boot, bevor er es vorsichtig aus der Befestigung löste. Die Kette klirrte leise. Fast unmerklich war die Strömung, trotzdem trieb sie die Zille abwärts in den alten Donauarm. Abgeschnitten vom großen Strom fristete er nur mehr als Teich sein Dasein.

An der argen Verschlammung und am üppigen Bewuchs der Wasserpflanzen wurde Martin Waldner bewusst, dass sich doch manches verändert hatte und auch dieser Rest der alten Wasserläufe eines Tages verlanden würde. Doch die Mündung des Wehrbaches konnte er noch finden. Um das Mühlrad kreisen zu lassen, hatte man ihn einstmals angelegt. Nun trieb sein Wasser eine Turbine an.

Waldner musste jetzt gegen die Strömung des Baches rudern. Doch mit Vorsicht, denn die Bewohner des alten Gebäudes sollten auf keinen Fall auf ihn aufmerksam werden.

Als Oberinspektor Alois Zauner, sein Chef, sich entschloss, die alte Mühle diese Nacht beobachten zu lassen, hatte sich Inspektor Waldner für die Wasserseite gemeldet. Wer kannte sich hier besser aus als er, der sich schon als Kind in diesem Labyrinth früherer Donauarme, kleinerer Bäche, künstlich und natürlich gebildeter Inseln, ausgetrockneter Gräben und verschlammter Tümpel herumgetrieben hatte. Wie kam ihm diese Kenntnis schon damals bei den Bandenkämpfen der Dorfjugend zugute.

Jetzt hatte er den ersten Beobachtungsplatz erreicht und befestigte seine Zille an einem Baumstumpf. Bis die Dunkelheit einbrach, konnte er hier die Deckung nützen.

Aufatmend streckte er sich im Boot aus und holte Colaflasche und Wurstbrot aus dem Rucksack. So weit es ging machte er es sich gemütlich. Die ersten Gelsen hatten ihn zwar schnell entdeckt. Sie waren lästig, aber die laue Luft des Abends genoss er trotzdem.

Endlich war der Sommer da! Lange genug hatte er auf sich warten lassen. Martin lehnte seinen Kopf gegen das weiche Moos des Baumstumpfes. So konnte er trotz der hohen Bäume sogar ein Stück des Himmels sehen. Hatte ihm denn jemals ein Auftrag so gefallen wie dieser?

Die Au war wirklich eine der letzten Oasen der Wildnis, das empfand er auch heute wieder. Allein der Schilfgürtel mit seinem ständigen Wispern und Raunen war eine geheimnisvolle Welt für sich. Glitt man mit der Zille durch das Röhricht, war man völlig ungesehen, außer erschreckte Wildenten verrieten den Eindringling mit ihrem Flügelgeknatter. Diese Urlandschaft entlang der Donau hatte noch immer etwas Erregendes an sich.

Doch der junge Kriminalinspektor war nicht aus nostalgischen Gründen in seine alte Heimat zurückgekehrt. Ein seit drei Tagen abgängiges zwölfjähriges Mädchen aus seinem ehemaligen Dorf war der Grund seines Auftrages.

Während tanzende Glühwürmchen wie kleine Irrlichter in der Dunkelheit aufleuchteten und Fledermäuse knapp über seinen Kopf hinwegschwirrten, dachte er über seinen Einsatz nach.

Er kannte den Vater und auch den Großvater des Mädchens. Sie waren Nebenerwerbsbauern. Maria Unterstrasser hatte keine Geschwister. Vor ein paar Tagen war sie nach dem Unterricht nicht mehr heimgekommen. Auch ihr Fahrrad blieb verschwunden.

Da er mit seinen Ermittlungen erfolglos geblieben war, wandte sich der Postenkommandant der Gendarmerie Eferding an die Kriminalabteilung in Linz. Dazu kam, dass ein anonymer Anrufer den Besitzer der alten Mühle des Mordes bezichtigte hatte. Er sagte, man sollte doch in der Vergangenheit des Professors forschen, es gebe da einige dunkle Punkte.

Professor Reinhold Burghard war an der Universität in Graz tätig gewesen, bevor er sich vor einiger Zeit hier niedergelassen hatte. Er lebte mit seiner Frau, einer Nichte und der Haushälterin sehr zurückgezogen in dem alten Gebäude.

Der Bericht, den sich daraufhin Oberinspektor Zauner aus Graz zukommen ließ, sagte wirklich Zweifelhaftes aus.

Burghard hatte schon jahrelang an der Universität gewirkt, als ein Aufsehen erregender Vorfall passierte. Der ehemalige Mann seiner Nichte, die auch als Sekretärin Burghards tätig war, drang in das Sekretariat ein, bedrohte die Frau und versuchte sie zu ermorden. Durch ihre Hilferufe herbeigeeilt, rettete ihr der Onkel das Leben. Er entriss dem Tobenden das Messer, mit dem er die Frau schon schwer verletzt hatte.

Als endlich die Polizei eintraf, verhielt der Professor sich äußerst ungeschickt. Noch mit dem Messer in der Hand stieß er Drohungen gegen den Gewalttäter aus. Ehrenhausen, so hieß der Mann, stand wie hilflos daneben, als wäre er der Angegriffene. So kam man zu der Vermutung, dass es sich um eine Dreiecksgeschichte handle, jedoch ohne die geringsten Beweise. Noch dazu sprach die ehemalige Frau von seiner krankhaften Eifersucht. Auch ihre Tochter sei ihm vor einigen Jahren zum Opfer gefallen. Nach den Ermittlungen der Polizei wurde diesbezüglich aber nur Fahrlässigkeit von Seiten des Vaters festgestellt. Ehrenhausen kam in eine geschlossene psychiatrische Anstalt. Professor Burghard legte man nahe, in Pension zu gehen.

Eine Stunde nach diesem Bericht kam noch ein Nachtrag aus Graz: Kurz bevor Prof. Burghard nach Oberösterreich übersiedelt sei, wäre ein Mädchen im Alter von Maria Unterstrasser im Augebiet der Mur verschwunden und bis heute nicht gefunden worden.

Nun witterte Oberinspektor Zauner Morgenluft. Er teilte seinen Untergebenen in kurzen Worten den Bericht aus Graz mit und fuhr mit seinen beiden Assistenten hierher. Ohne sich anzumelden, überfiel er mit rücksichtsloser Energie die Bewohner der alten Mühle. Nach dem ersten kurzen Verhör war er sicher, hier den Mörder des Mädchens gefunden zu haben. Nur fehlten ihm dazu jegliche Beweise.

Und darum saß nun Martin Waldner in der Zille, um auf verdächtige Vorgänge zu warten, die nach Meinung seines Chefs den Verdacht bestätigen sollten.

Landeinwärts, auf der anderen Seite des Hauses, lag sein Kollege Gerhard Grafenauer in einem Gebüsch auf der Lauer. Der Chef aber war jederzeit über Handy zu erreichen.

Waldner überlegte, welchen Eindruck die Leute auf ihn gemacht hatten. Dass große Zurückhaltung und Erstaunen in ihrem Verhalten lag, konnte er verstehen. Aber er hatte sofort gespürt, dass sie über einiges nicht sprechen wollten. Dieses Schweigen war es, was auch seinen Chef misstrauisch machte.

Nun blinkten schon Sterne am Nachthimmel auf. Strahlten sie hier nicht viel heller als in der Stadt? Manchmal zog ein Flugzeug über ihn hinweg, so nieder, dass er annahm, es würde in Hörsching landen.

Durch das Laubwerk konnte er die Lichter der Mühle sehen. Langsam würde er näher rudern. Noch zur Untätigkeit gezwungen, stiegen Gedanken in ihm hoch, die er bisher immer wieder verdrängt hatte. Er war nun in der Mitte seines Lebens. Was war aus seinen Interessen, seinen Plänen bis jetzt geworden? Nichts, absolut nichts! Er erfüllte die Pflichten des Berufes. Dieser aber blieb ihm die Erfüllung schuldig. Manchmal waren seine Aufgaben spannend, meistens fand er sie unangenehm. An vieles hatte er sich schon gewöhnt, aber gerade diese Abgestumpftheit machte ihm zu schaffen. Denn wo blieb der tiefere Sinn? Sollte es wirklich den Rest seines Lebens so weitergehen? War das sein Ziel?

Auch in seinem Privatleben hatte er bis jetzt kein dauerhaftes Glück gefunden. Lag es an ihm? Wahrscheinlich! Hatte ihm doch sogar seine langjährige Freundin Gerda vor einigen Monaten den Laufpass gegeben. Schmerzte es ihn noch? Eigentlich nicht, sein Selbstwertgefühl hatte gelitten, das gestand er sich ein. Wollte er noch ein sinnvolles Leben führen, so war es höchste Zeit, das bisherige zu verändern. Dieser Entschluss stand nun fest. Er dachte über die verschiedenen Möglichkeiten nach, ihn in die Tat umzusetzen.

Inzwischen war es so dunkel geworden, dass er es wagen konnte, das Seil vom Baum zu lösen und um die Biegung zu rudern. Die Mühle lag ruhig vor ihm. Im oberen Stockwerk brannte noch Licht. Auch ein Dachzimmer war hell erleuchtet. Unruhe oder Nervosität war keineswegs zu spüren.

Der Inspektor verbarg sich hinter einem grünen Vorhang aus Efeu. Seine Ranken fielen in Kaskaden von der Brücke bis zum Wasser herunter. Zwischen den Blättern hatte er einen guten Durchblick auf das Haus. Diese Efeuwand hatte es damals, als er verliebt um das Haus gestrichen war, noch nicht gegeben.

Der ursprüngliche alte Steinbau stammte sicher noch aus dem Mittelalter. Man sagte sogar, er stünde auf den Fundamenten eines römischen Wachturms oder einer Schiffsanlegestelle am Limes. Martin kannte alte Bilder des Gebäudes. Es war ein karges, eher abweisendes Steinhaus mit einem großen Mühlrad am Bach. Doch im Laufe der Jahrzehnte hatte es sich fast in einen stattlichen Ansitz verwandelt. Jeder der Besitzer hatte etwas hinzugefügt, um es freundlicher und einladender zu gestalten. Anscheinend hatte auch Prof. Burghard solche Pläne, denn in seiner Zufahrt lagerten Ziegel und Zement. Auf Zauners Frage:

„Wozu?“, kam die lächelnde Antwort:

„Meine Frau wünscht sich sehnlichst einen Wintergarten für ihre unzähligen Blumenstöcke.“ Ob das nun verdächtig war? Für seinen Chef schon. Das aber war es, was Martin an seinem Beruf so hasste, immer sofort das Schlechteste annehmen zu müssen!

Dass dieses Haus so oft den Besitzer gewechselt hatte, lag wohl auch an seiner Lage. Wenn im Frühling die Blätter der Bäume als hellgrüne Spitzen zart hervorlugten und die Sonne noch Zugang fand, so legte sich auch über das Haus ein freundlicher Schimmer. Sogar das dunkle Dach und die hohen Schornsteine begannen im Frühlingstau zu glänzen. Die grauen Steinmauern belebte der Efeu, der von Jahr zu Jahr die Mühle mit noch mehr Grün überzog. Da wirkte sie dann romantisch wie ein englisches Landhaus. So auch im Winter, wenn das Gebäude tief verschneit zwischen den zugefrorenen Bachläufen stand. Im Herbst freilich, besonders an Nebeltagen, waren es die Bäume, die es düster umstanden.

So waren die Einen entzückt vom Anblick des Hauses. Andere aber machte es beklommen, schon wegen der Einsamkeit, der die Bewohner ausgesetzt schienen. Auch das Poltern der Turbine trug dazu bei, die Begeisterung für das Anwesen zu mindern.

Waldner gehörte zu den Begeisterten. Durch ihr Alter allein schon fühlte er sich zur Mühle hingezogen. Auch jetzt noch. Das hatte er gestern gemerkt, als er zum ersten Mal im Inneren des Hauses sein konnte.

Unterdessen blickte er unverwandt zu dem nun dunklen Gebäude. Er bemerkte, wie im Obergeschoss das Licht gelöscht wurde. Nur im Dachzimmer brannte noch eine Lampe. Vorläufig blieb alles ruhig.

In dem Jahr, das mit dem Tod seines Vaters geendet hatte, womit seine Pläne endgültig zerstört waren, wohnte hier ein Mädchen, das er bis heute nicht vergessen konnte. Es hatte ihm mehr bedeutet als alle Frauen, denen er bis jetzt begegnet war. Wo sie wohl lebte? Doch so schnell die Zeit des Glücks über ihn gekommen war, so schnell hatte sie geendet. Sie waren beide noch so jung gewesen, unerfahren in der Liebe und im Schmerz.

Gedankenversunken schreckte er auf. Ein Käuzchen strich dicht an ihm vorbei. Das Licht in der Dachkammer lockte es an.

„Kiwitt, kiwitt," tönte es laut in die Stille. Es war nur ein Schatten, der kurz am Fenster erschien. Ehe er ihn mit dem Fernglas erfasste, war er verschwunden und das Fenster wurde geschlossen.

Wie klangen doch die ihm immer noch vertrauten Laute der von so vielen Tieren bewohnten Auwälder einem Stadtbewohner unheimlich ins Ohr. Was für ein Gegensatz zu dem ineinander verschmolzenen Lärmgewirr der Stadt. Martin versuchte die einzelnen Tierstimmen zu erkennen und zu unterscheiden. Von früher noch geübt, fiel es ihm auch jetzt nicht schwer. Dabei blieb er hellwach. Zauners Hoffnungen erfüllten sich anscheinend nicht. Es war keine Bewegung zu spüren, weder im Haus, noch im Garten.

So wanderten seine Gedanken wieder zurück zu den Menschen, die damals die Mühle bewohnten. Eines Tages hieß es, es seien neue Mieter eingezogen, ein Ehepaar Wieland mit ihrer Tochter, Flüchtlinge aus Böhmen. Sie lebten sehr zurückgezogen und beteiligten sich auch nicht am dörflichen Leben. Das nahm man ihnen ein bisschen übel.

Dr. Wielands Eltern hatten eine von ihren Vorfahren gegründete Glasmanufaktur besessen. Seine Familie war unter entsetzlichen Umständen wie fast alle Deutschen und Ungarn nach dem Ende des zweiten Weltkrieges aus der Tschechoslowakei vertrieben worden.

Als deutscher Soldat in seine Heimat zurückgekehrt, wurde er wie viele Heimkehrer, obwohl von den alliierten Truppen bereits entlassen, erneut von den Tschechen inhaftiert und in ein Zwangslager im Inneren des Landes gebracht.

Unter grausamen Bedingungen wurde er wie viele Sudetendeutsche in Berg- und Hüttenwerken als Arbeiter eingesetzt. Besonders jene mit intellektuellen Berufen hatten die schwersten Arbeiten zu verrichten. Sie starben reihenweise an Überanstrengung, Unterernährung und Epidemien.

Nach seiner Entlassung, endlich, fand er die Überlebenden seiner Familie im Waldviertel. Dort lebte er, bis er vor zwei Jahren eine Anstellung in Wels gefunden hatte. So war er dann mit Frau und Kind hierher gezogen.

Martin Waldner hörte immer nur mit einem Ohr zu, wenn seine Mutter den Dorftratsch weitergab. Es interessierte ihn eigentlich nicht. Bis, ja bis er einmal diesem Mädchen begegnete, da änderte sich sein Verhalten schlagartig.

An einem Spätnachmittag fuhr er mit seinem Rad nach Eferding. Ohne besonders Acht zu geben, bog in großer Eile eine Radfahrerin, von der alten Mühle kommend, in die Hauptstraße ein. Beide bremsten scharf, das Mädchen stürzte fast. Martin murmelte verlegen eine Entschuldigung. Da traf ihn ein erschrockener Blick aus nachtblauen Augen. Damit war sein Schicksal besiegelt. Auch das Mädchen war verlegen und gab sich die Schuld, was ja stimmte.

„Hoffentlich habe ich an deinem Rad nichts kaputt gemacht“, meinte es zweifelnd. „Bei uns haben sich unerwartet Gäste angesagt und meine Mutter in große Verlegenheit gebracht. So soll ich noch schnell in die Stadt, etwas Essbares besorgen. Sonst bin ich nicht so ungestüm“, meinte es entschuldigend.

„Dann können wir doch zusammen fahren, ich habe denselben Weg.“ Martin bot sich an, ihr Besorgungen abzunehmen, vielleicht beim Bäcker Brandl, wo auch er etwas einzukaufen hatte. Das Mädchen war erstaunt, aber nach dem es kurz vor Geschäftsschluss war, nahm sie es dankend an. Sie vereinbarten, nach sechs Uhr bei einer Bank vor dem Schloss aufeinander zu warten.

„Gut, aber wie heißt du denn eigentlich?“

„Martin Waldner, und du?“

„Wieland, Aglaia“, fügte sie zögernd hinzu.

„Ein seltener Name, Aglaia, schön klingt er, oder kürzt du ihn ab?“

„Nein“, meinte sie verschämt, „Mutter will ihn nicht verschandeln, sagt sie.“

„Da hat sie Recht! Gehst du in Wels zur Schule?“

„Wieso weißt du das?“

„Weil wir uns doch sonst schon begegnet wären“, gab er zur Antwort. Mittlerweile waren sie am Stadtplatz angelangt und trennten sich.

Martin war als Erster wieder beim Treffpunkt. Als er sie endlich erblickte, bemerkte er erst so richtig, wie hübsch sie war. Die gelockten, dunklen Haare fielen ihr über die schmalen Schultern und umrahmten ihr ausdrucksvolles Gesicht.

Lachend winkte sie ihm schon von weitem zu. Durch ihre Fröhlichkeit war sie ein so erfreulicher Anblick, dass sich auch andere Leute nach ihr umdrehten.

„Ich nehme dir gern etwas ab“, bot sich Martin galant an. Gut, dass seine Freunde ihn nicht gehört hatten! Unter ständigem Geplauder fuhren sie miteinander bis zum Gartentor der alten Mühle. Vor Befangenheit kollerten Martin die Semmeln aus dem Sack und Aglaia die Münzen aus dem Geldbeutel. Da überkam sie zuletzt ein solches Gelächter über ihre Ungeschicklichkeit, dass auch der Hund hinter den Weiden mit lautem Bellen einstimmte. Unter seinem Lärmen verabschiedeten sie sich; ihre schmale Hand lag leicht in seiner, ein herzliches „Danke schön, Martin“, ein lächelnder Blick, dann schloss sich die Tür. Aber es genügte, dass Martin als ein Anderer nach Hause zurückkehrte.

Wie oft er nun Besorgungen kurz vor Geschäftsschluss in der Stadt zu machen hatte. Er umrundete die alte Mühle von allen Seiten, doch die Hecken waren zu dicht. Nicht einmal mit der Zille vom Wasser her hatte er Erfolg. Es war vergeblich.

Vorsichtig horchte er seine Freunde aus. Keiner wusste etwas Besonderes zu berichten. Nur darüber waren sich alle einig, dass sie das hübscheste Mädchen weit und breit war, zum Ärger der andern im Dorf. Doch auch diese konnten nichts Nachteiliges über Aglaia sagen, so nannten sie sie hochmütig ; schon ihr komischer Name sage alles aus über sie! Martin erschien es klüger, den Mund zu halten.

Inspektor Waldner wurde plötzlich aus seinen Erinnerungen gerissen. Etwas hatte sich verändert. Das letzte Licht war gelöscht worden. Nun war es auch im Turmzimmer dunkel.

Die Ruhe wirkte trügerisch. Martin spürte fast wie ein Tier die Gefahr. Wenn etwas geschehen sollte, dann müsste es jetzt sein. Angespannt saß er im Boot. Noch rührte sich nichts.

Doch da, auf einmal gewahrte er einen schwachen Lichtschein, der sich vom Dachgeschoß kommend langsam und schwankend abwärts bewegte. Er schaute auf seine Uhr. Die Leuchtziffern zeigten zwölf Uhr dreißig. Derjenige, der sich nun im Haus herumtrieb, hatte etwas zu verbergen, sonst hätte er Licht gemacht.

Martin bewegte sich nicht. Da hörte er schon das Geräusch eines sich im Schloss drehenden Schlüssels. Vorsichtig wurde das Tor zum Garten geöffnet. Die Lampe hatte man abgeschaltet. Eine dunkel gekleidete Gestalt trat leise aus dem Haus und blickte um sich. Waldner konnte nicht erkennen, ob es sich um einen Mann oder eine Frau handelte. Die Person trug einen Hut, Mantel und Hose. Wieso heute in der warmen Nacht einen Mantel, fragte er sich?

Der Unbekannte setzte sich wieder in Bewegung. Er betrat, zögernd nur, die kleine Brücke. Vorsichtig beugte er sich über das Geländer, um ins Wasser zu schauen. Martin war froh um den Efeu, der ihn verbarg. Auch jetzt konnte er das Gesicht nicht erkennen, der Verdächtige hatte den Kragen des Mantels hochgezogen und den Hut tief in die Stirn gedrückt.

Plötzlich drehte er sich mit einer heftigen Bewegung ab und Martin fürchtete schon, er sei entdeckt worden. Doch nein, dieser Mensch eilte mit leichten Schritten, aber sehr zielbewusst hinaus in den Garten. Martin steckte den Kopf durch die Ranken des Efeus. Der Schuppen war es, der aufgesucht wurde. Er hörte schon das rostige Knarren der Tür; daraufhin setzte ein Schieben und Schleifen ein. Endlich tauchte die Gestalt wieder auf, einen schweren Gegenstand hinter sich her ziehend. Soll ich den Kerl stellen, dachte Waldner, zum Sprung bereit. Aber sein Auftrag lautete ausdrücklich, nur zu beobachten.

Inzwischen war der Verdächtige längst hinter der Gartentür verschwunden. Waldner blickte gespannt auf die Uhr, denn alles Weitere entzog sich seinem Spähen.

Nach ungefähr fünf Minuten erschien diese Person wieder, aber ohne Ballast. Sie lief in größter Eile, fast fliehend zurück. Hatte sie Grafenauer entdeckt? Dieses angstvolle Laufen wirkte so unmännlich, dass Waldner überzeugt war, eine Frau vor sich zu haben. Sie ließ in ihrer Hast das Gartentor offen, jagte über die Brücke und ohne sich noch einmal umzusehen ins Haus. Auch hier hörte er kein Geräusch eines Zusperrens. Da sah er schon wieder den schwachen Lichtschein, der jetzt nach oben eilte und im Nu im Dachgeschoss verschwunden war.

Diese undefinierbare Erscheinung wohnte also in einem Zimmer unter dem Dach. Sie hatte etwas aus dem Schuppen geholt und beseitigt, wahrscheinlich in den Mühlbach geworfen oder irgendwo außerhalb des Gartens versteckt. Dabei musste sie große Furcht erfasst haben. Martin fröstelte, als er an die kleine Maria dachte.

Für seinen Chef würde diese Beobachtung eine Bestätigung seines Verdachtes sein. Aber noch hatte Waldner seine Aufgabe nicht erfüllt. Er musste bis in die Morgenstunden hier ausharren. Langsam wurde es kühler. Er wickelte die Decke um sich und lauschte. Die Anspannung löste sich langsam. Er genoss die Natur so, wie er es in seiner Jugend oft getan hatte. Doch ganz ließ ihn das gerade Erlebte nicht los und er fragte sich, wer als Verdächtiger in Frage käme.

Professor Burghard schied wegen seiner Größe aus. Seine Frau hätte es sein können, aber schlief die im Dachgeschoss? Die Nichte kannte er noch nicht. Auch die Gäste, ein Ehepaar, waren ihm unbekannt. Diese waren sicher dort oben untergebracht, das war naheliegend, ebenso die Jugoslawin. Der Größe nach würde diese gut passen. Warum war sie denn gestern so erschrocken, als sie ihnen die Tür öffnete? Das sprach nach schlechtem Gewissen. Demnach waren ein Mann und drei Frauen zu überprüfen.

Waldner lauschte inzwischen wieder in die Nacht. Er fühlte sich recht zufrieden, wie er da still in seiner Zille lag. Nur einschlafen durfte er nicht. Ein großer Vogel zog fast lautlos, aber dicht über ihn hinweg. Der „beschattet“ nun mich, dachte er belustigt. Natürlich hatte ihn dieser ganz genau gesehen. Ob es das Käuzchen war? Aglaia Wieland hätte wohl nicht geruht, bevor er ihr nicht den Namen und die Gewohnheiten des Nachtvogels erklärt hätte. Vieles erinnerte ihn jetzt an sie.

Plötzlich waren die siebzehn Jahre zu einem kurzen Zeitabschnitt geworden und die Vergangenheit hatte ihn eingeholt. Als ihm seine damalige Torheit einfiel, huschte ein Lächeln um seinen Mund. Was war sie doch für ein seltsames Mädchen gewesen, nicht nur ihr Name. Nie wieder hatte er ein so vor Lebensfreude sprühendes Geschöpf kennen gelernt. Ihre Wissbegierde zusammen mit dem mädchenhaften Charme hatte sie für Martin Waldner damals zum liebenswertesten Wesen auf der Welt gemacht.

Ach, die gemeinsame Zillenfahrt, mit Wehmut dachte er an sie. Es war die erste Liebe und der erste Kuss. Es lag an unsrer Jugend, da kann man so überschwänglich empfinden, meinte er heute. Wenn er ehrlich war, war es der schönste Tag in seinem Leben gewesen.

Kurz vor den Ferien, die Noten waren schon entschieden, lief er mit einem unerhörten Gefühl von Freiheit durch die taufeuchten Wiesen zur Aschach. Der herrliche Morgen versprach einen prachtvollen Tag. Die Luft war rein und frisch und erfüllt vom Gezwitscher der Vögel.

Er schob seine Zille ins Wasser. Das Klirren der Kette war ihm beinahe so lieb wie früher das Klingeln des Christkindglöckchens. Nun kniete er, nur mit Badehose und einem ausgewaschenen T-Shirt bekleidet, barfuss in dem alten Holzboot. Er schöpfte das eingedrungene Wasser zurück in den Bach. Wie er diesen Geruch nach abgestorbenen Pflanzen und Schlamm liebte. Es „lettelt“, sagten die Einheimischen.

Plötzlich spürte er, dass er beobachtet wurde. Er schaute auf und traute seinen Augen nicht. Aglaia Wieland war es, die am Ufer stand und zu ihm blickte.

„Guten Morgen, Aglaia, willst du mitfahren?“ Freudig kam ihre Antwort:

„Ja, gerne, kannst du mir dann auch zeigen, wie man eine Zille steuert?“

„Natürlich, warte, ich hole dich ab“, antwortete er und ruderte geschickt zum Ufer zurück. Mit einer Hand hielt er sich an einem Wurzelstock fest, die andere reichte er ihr. Behänd und ohne zu zaudern sprang sie in das Boot.

Erwartungsvolle Freude lag in ihren Augen. Er fand sie noch hübscher als bei ihrer ersten Begegnung. Als er ihren beobachtenden Blick spürte, wurde er ein wenig nervös.

Sie achtete genau auf ihn, als er die schwerfällige Zille sicher in die schwache Strömung lenkte. Vorbei an der Mündung des Wehrbaches, in dem er sich heute wieder befand, glitten sie in den Rest des Donauarms.

Da begann sie schon mit ihren Fragen:

„Wieso Donau, die fließt doch ganz woanders?“

„Du musst dir vorstellen, dass hier, an dieser verwachsenen Stelle, früher das Wasser der Donau durchgeflossen ist. Das, was du nun als Graben erkennen kannst, der teilweise verlandet oder versumpft ist, das war einer ihrer vielen Arme und da mündete die Aschach. Auch der Wehrbach und der Mühlbach flossen hier ein. Kannst du dir vorstellen, dass es auch einen so genannten Hafen gab, eine Schiffsanlegestelle, die von den Bauern und Fischern der Umgebung benützt wurde, um ihre Waren auf die Schiffe zu verladen? Zu Wasser waren sie schnell in Linz und das Gemüse, das Fleisch und die Fische blieben frisch.

Die Handwerker von Eferding, besonders die Hafner, benützten auch den Wasserweg, um ihre Erzeugnisse in andere Gebiete zu befördern. Der Lehm dieser Gegend war berühmt wegen seiner hohen Qualität."

„Da muss aber einiges los gewesen sein, das kann man sich jetzt nicht mehr vorstellen!"

„Ja, ich male mir das manchmal aus, welch ein Leben und Treiben hier geherrscht haben mag. Nun ist es verträumt und romantisch, das ist auch schön, findest du nicht?"

„Aber warum hat sich alles so verwandelt, waren die Menschen daran schuld?"

„Natürlich, sie haben die Donau eingedämmt und reguliert, um einen gut schiffbaren Strom zu schaffen. Nach dem letzten Krieg hat sich noch einmal vieles verändert. Das Wasser der Donau wurde gestaut, Kraftwerke wurden gebaut und der Aschach ein neues Flussbett gegraben. Aschach und Innbach münden jetzt erst nach dem Kraftwerk Ottensheim in die Donau."

„Wieso weißt du denn das alles, Martin?"

„Ich wohne doch hier, außerdem interessiert es mich sehr", lachte er. Sie ruderten nun gemütlich zwischen Schilf und anderen Wasserpflanzen hindurch.

„Im Winter, wenn es ordentlich friert, kann man auf dem Eis dem alten Flussbett folgen. Da sieht man auch die Hügel, die vor hundert Jahren aufgeschüttet wurden, um dem Wild eine Zuflucht zu geben, wenn es vor dem Hochwasser flüchten musste. Aber hier, wo wir jetzt rudern, da kann man herrlich Eis laufen. Kannst du das, Aglaia? Sonst lerne ich es dir gerne."

Diese wurde bei seinen letzten Worten, vor allem weil sie mit so großer Begeisterung vorgetragen wurden, fast ein wenig verlegen. Sie hockte am Boden der Zille und schöpfte, so wie sie es von ihm gesehen hatte, Wasser aus dem Boot. Sie nickte und meinte, sich im Augenblick weder Eis noch Kälte vorstellen zu können. So glitten sie weiter, vorbei an blühenden Teichrosen.

„Schau, die haben dieselbe Farbe wie dein Kleid", stellte Martin fest.

„Ja wirklich, darf ich meiner Mutter einige mitbringen?", fragte sie. Martin nickte.

„Beim Heimfahren pflück ich sie dir."

Nun setzte sich Aglaia auf das Brett, das als Bänkchen diente und ließ ihre schlanken Beine ins Wasser baumeln.

„Du, das ist schon ganz warm, da will ich heute schwimmen!"

„Aber erst weiter unten, dort sind weniger Schlingpflanzen. Wo bist du denn die ganze Zeit gesteckt, ich habe dich nie gesehen?"

„Hast du mich denn gesucht?" Er blickte in ihre Augen und sagte ernst:

„Ja, das tat ich Aglaia." Da senkte sie verlegen den Kopf und meinte:

„Das habe ich nicht gewusst, ich bin entweder in der Schule oder daheim gewesen. Sag einmal, weißt du den Namen dieser seltsamen zarten Libellen auf den Teichrosen?"

„Ja, das sind Wasserjungfern. Die große da drüben ist eine Königslibelle. Es gibt Hunderte Arten von Libellen." Nun lenkte Martin vorsichtig unter der Brücke durch.

„Zuerst kommt eine seichte Stelle. Bevor die Brücke gebaut wurde, gab es hier eine Furt durch den Bach. Ich muss die Zille ein kleines Stück schieben."

Damit zog er das T-Shirt über den Kopf und sprang aus dem Boot. Aglaia schaute verdutzt. Dann legte auch sie ihr Kleid ab, unter dem sie einen Badeanzug trug und stieg ins Wasser.

„Du hättest ruhig in der Zille bleiben können, du bist so leicht wie eine Wasserjungfer“, sagte er. Doch es gefiel ihm, dass sie ihm helfen wollte. Seine Schwester tat das nie.

Als sie alle Flachstellen hinter sich hatten, trug sie die sanfte Strömung geruhsam zwischen der üppigen Vegetation weiter den Bach abwärts. Aglaia war begeistert.

„So stell ich mir den Dschungel vor! Sind wir hier auf der Aschach oder auf dem Amazonas?“, lachte sie.

Da lachte auch Martin und sie fühlten sich sehr glücklich. Das Mädchen kniete nun am Boden des Bootes und beugte sich weit über seinen Rand, um alles, auch unter ihnen im Wasser, genügend betrachten zu können.

Martin musste ihr noch auf viele Fragen Auskunft erteilen. Er tat es mit Freude und Stolz. Nur für Aglaia da zu sein, war jetzt für ihn wichtig. Vom Ende seiner Zille, wo er als Steuermann seinen Platz hatte, sah er bewundernd auf sie nieder. Alles, was sie tat oder fragte, war von großer Bedeutung für ihn. Später konnte er es sich in Erinnerung rufen. Das war das Einzige, was ihm von ihr geblieben war.

„Dort, ist das nun ein Frosch oder eine Kröte, am Teichrosenblatt, Martin?“

„Das ist eine Unke.“

„Aber geh, die kommen doch nur in Märchen vor!“

„Nein, schau einmal, sie ist größer als ein Frosch, aber viel flacher als eine Kröte. Rate einmal, wie sie heißt?“, fragte er spitzbübisch.

„Das weiß ich nicht, ich sehe nur ihren gelben Bauch, aber jetzt ist sie fort!“

„Na also, du hast es doch gewusst, sie heißt Gelbbauchunke.“

„Martin, jetzt ist ein großer Fisch unter unserem Boot verschwunden. Kann man hier noch vom Fischfang leben?“

„Schon lange nicht mehr, aber reich konnte man früher auch nicht damit werden! Kennst du das Haus, in dem wir wohnen?

Mein Großvater war Fischer, aber er ist mit fünfundvierzig Jahren in der Donau ertrunken."

„Deine arme Großmutter! Wer sorgte denn dann für sie? Hatte sie viele Kinder?"

„Sie hat allein für sich und ihre drei Kinder gesorgt. Wo sie gebraucht wurde, verdiente sie sich ihren Lebensunterhalt. Zur Erntezeit bei den Bauern, überall zur Aushilfe, wenn jemand krank geworden war. Selbst gezogenes Gemüse hat sie verkauft, am Markt auch Blumen aus ihrem Garten, Palmbuschen hat sie gebunden und vieles noch getan, um leben zu können. Ihre Rente war sehr klein. Die zwei Söhne sind im Krieg gefallen, so blieb ihr nur eine Tochter, meine Mutter."

Aglaia schaute sinnend einem schillernden Eisvogel nach. Dann sagte sie:

„Du magst deine Großmutter wohl sehr?"

„Wieso weißt du das?"

„Das spürt man, wie du von ihr sprichst. Wohnt ihr gerne im Fischerhaus?"

„Ja, aber Vater will es verkaufen und nach Linz ziehen. In eine Wohnung ohne Garten, nur Straßen sind dann um uns."

„Und was wird dann mit deiner Großmutter?"

„Die geht nicht mit uns, dann lieber ins Altersheim in die Leumühle, sagt sie."

Aglaia schaute ihn verständnisvoll an.

„Was willst du denn später machen, Martin?"

„Irgendetwas studieren, was mit der Natur zu tun hat. Aber wenn ich noch so gut in der Schule bin, will mein Vater nicht, dass ich studiere. Er fühlt sich sehr krank und möchte uns möglichst schnell versorgt wissen."

„Streitest du oft mit deinem Vater?"

„Streiten, nein, das ist das Scheußlichste, was man tun kann, er meint es ja gut mit uns, weißt du."

Ein verständnisvoller Blick traf ihn, als sie sagte:

„Ich verstehe dich, ich mag das auch nicht."

Nun weitete sich das Bachbett. Zwischen dichtem Buschwerk umstanden mächtige Erlen und alte Weiden die zart glitzernde Wasserfläche. Ein verträumter Weiher lag vor ihnen.

Springkraut, erst vor hundert Jahren aus Ostindien nach Europa gekommen, und Blutweiderich blühten am Ufer.

Schlangenknöterich und riesige Brennnesselstauden machten ein Durchdringen um diese Jahreszeit unmöglich. Alles überwebte die schlingende Waldrebe. Hier fanden die Schmetterlinge ihre ungestörten Brutplätze.

Aglaia saß vor Martin im Boot wie Andersens kleine Seejungfrau in Kopenhagen. Nur die Seerosen fehlten. Die will ich ihr jetzt pflücken, dachte Martin. Wenn sie mich nur auch ein bisschen gern hätte, das wäre schön, wünschte er sehnlich. Da erklang ihre aufgeregte Stimme:

„Was ist das hier, schnell, Martin, bevor sie verschwindet, eine so riesige Schlange habe ich noch nie gesehen, da, schau nur!" Nun kniete er neben ihr nieder und die nackten, braunen Arme berührten sich. Machte ihn das so blind?

„Dort, wo sich die Pflanzen unter dem Wasser so wiegen wie oben im Wind, siehst du sie denn nicht?" In ihrem Eifer beugte sie sich noch näher zu ihm. Was ist mit mir, warum bin ich so selig, wenn ich die Nähe dieses Mädchens spüre, dachte Martin.

„Das, ach das ist nur eine Ringelnatter, siehst du die gelben Monde am Kopf? Sie tut dir nichts, sie ergreift die Flucht vor uns." Endlich gelang es ihm, ihr zu antworten.

„Glaubst du?", meinte sie misstrauisch, „aber wenn du es sagst." Sie blickten schweigend in die Tiefe. Da trafen sich die Augen in ihrem Spiegelbild. Aglaia erschrak ein wenig als sie seinen werbenden Blick aufnahm. War es das Glitzern der Sonnenstrahlen im Wasser, dass sie immer wieder die Augen schließen musste? Oder machte ihr die Empfindung Angst, die ihr da entgegenschlug? Ihr Spiegelbild wurde zum Verräter ihrer Gefühle.

Wie seltsam, dass beide diesen Zustand zu verlängern suchten. Immer wieder fanden sie einen Vorwand, in dem sie etwas Neues, Besonderes entdeckten. Da war auf einmal der Flügelschlag eines Kormorans über ihnen, dort glitt eine Herde Wasserläufer wie auf Schlittschuhen über die glatte Wasserfläche.

Unter einem Huflattichblatt erblickten sie Laichschnüre von Kröten in einem Knäuel verwickelt. Da saß ein vergnügter Springfrosch und verzehrte mit Genuss eine große Fliege. Immer wieder surrten verschiedenfarbige Libellen vorbei, auch taumelnde Schmetterlinge, die sich nicht entschließen konnten, von welcher Blüte sie nun naschen sollten. Martin kannte sie alle.

„Dort, Aglaia, am Blutweiderich, schau, ein Landkärtchen! Aber es ist im Frühling ausgeschlüpft, darum hat es die weißschwarze Zeichnung. Die Schmetterlinge, die erst im Sommer aus den Larven kommen, sind orange und schwarz."

„Landkärtchen ist ein lieber Name, der gefällt mir", meinte sie. Dabei zog sie mit ihren Fingern Kreise über ihr Gesicht, das im Wasser lag.

„Nein, lass es mir", bat er und hielt ihre Hand fest. Doch nun, da er endlich den Mut in sich fühlte, sie zu küssen, machte das Boot einen scharrenden Laut und sie saßen fest. Ein umgestürzter Baum, der unsichtbar unter der Wasseroberfläche lag, hatte sie gestoppt.

Als Aglaia Martins Enttäuschung bemerkte, lachte sie tröstend. Unvermittelt sprang er ins Wasser, um die Zille zu entlasten und sie flott zu kriegen.

„Halt, du kippst mich aus dem Boot", rief sie, als die Zille hin und her schaukelte. Dann aber, von Martin unbemerkt, ließ sie sich voller Übermut auf der anderen Seite des Bootes ins Wasser gleiten. Sie schwamm zu einem in den Bach ragenden Ast und zog sich hinauf. Dort verhielt sie sich ganz still. Als nun Martin das leere Boot entdeckte und Aglaia auch im Wasser nicht erblickte, rief er mit solcher Besorgnis ihren Namen, dass er ihr

Leid tat und sie mit einem Froschquaken antwortete. Da war er schnell bei ihr.

„Was tust du dann, wenn ich dich hier zurücklasse und allein heimkehre?“ Da lachte sie nur.

„Das tätest du nie, das weiß ich ganz gewiss!“

„So sicher bist du, dass ich dich nicht im Stich lasse?“ Martin war damit beschäftigt, Teichrosen zu pflücken.

„Was krieg ich denn dafür?“, rief er zurück.

Nun schwamm er ganz nahe an sie heran und rüttelte an ihrem Ast, dass er schwankte. Sie schauten sich in die Augen. Noch zögerte sie.

„Gut, wenn du mich erwischt“, und schon schnellte sie wie ein Fisch ins Wasser und versteckte sich hinter dem Boot.

Doch kaum hielt sie sich am Rand fest und lehnte ihren Kopf atemlos an das sonnenbeschienene Holz, tauchte Martin unter der Zille hervor. Wie ein Wassermann triefend, hielt er in der Hand triumphierend die Teichrosen, mit denen er nun ihr Haar schmückte. Sein Gesicht kam dem ihren immer näher. Es roch nach Wasser und Sommer und es war nichts Forderndes, Fremdes, weder in seinen Augen noch auf den Lippen, als er seine wassernassen auf ihre sonnenwarmen legte.

War es nur ein Augenblick, war es mehr? Sie wussten es nicht, nur, dass es unbeschreiblich schön war. Erst als er spürte, wie sie vor Kälte zu zittern begann, erschrak er.

„Du musst hinauf ins Boot, das Wasser ist noch zu frisch für dich.“

Gewandt schwang er sich in die Zille und half auch ihr fürsorglich beim Hinaufklettern. Er zog ihr sein T-Shirt über, „damit die Seejungfrau keinen Schnupfen kriegt“, wie er meinte, nahm ihre Hände und hauchte seinen warmen Atem darüber. Dabei schaute er ihr verliebt in die Augen.

„Hast du denn schon einmal von einer niesenden Seejungfrau gehört“, scherzte sie.„Wieso weißt du überhaupt, wie sie aussehen?“

„Lach mich nicht aus, meine Schwester hat mich früher so lange gequält, bis ich ihr Märchen vorgelesen habe.“

„So einen Bruder hätte ich mir auch gewünscht“, antwortete sie. Martin hatte inzwischen zu rudern begonnen. Aglaia half ihm dabei.

„Da wird mir schneller warm“, sagte sie.

„Ich glaube nicht, dass es dir gefallen hätte, einen Frosch in deinem Suppenteller zu finden, von dem ich behauptete, es sei der Froschkönig, sie zu holen.“ Da lachte sie herzlich.

„Das hast du gesagt, du hast originelle Einfälle, das muss lustig sein mit dir –“, zu leben, hätte sie beinahe gesagt, aber noch rechtzeitig verschluckt. Wie das geklungen hätte, blödsinnig!

Daraufhin wurde sie schweigsam. Nur nach ihr unbekannten Tieren und Pflanzen fragte sie immer wieder.

Sie ruderten schon wieder unter der Brücke durch. Das Ende der Zillenfahrt nahte. Aber irgendetwas in ihnen tat weh. Das hatten sie noch nicht erfahren, dass zur Liebe unweigerlich der Schmerz des Abschieds und die Sehnsucht nach dem anderen dazugehörten.

Da sagte Martin, um das Auseinandergehen hinauszuziehen:

„Ich will dir noch etwas Besonderes zeigen“, und steuerte die Zille in das Röhricht. Vorsichtig pirschte er sich tiefer und tiefer hinein.

„Schau Aglaia, dort hat eine Rohrdommel ihr Nest, die Jungen sind schon ausgeschlüpft. Siehst du sie, ganz klein sind sie noch, die Mutter sucht wahrscheinlich gerade Futter.“

„Ja, Martin“, flüsterte sie, „wie hilflos sie sind.“

Martin dachte unentwegt darüber nach, wie er wieder mit dem geliebten Mädchen zusammenkommen konnte. Als sie weit genug vom Nest entfernt waren und die Vögel nicht mehr stören konnten, fragte er sie:

„Kennst du die Nistplätze der Graureiher?“ Sie schüttelte verneinend den Kopf.

„Dann will ich sie dir einmal zeigen, da wirst du staunen. Die Horste sind meist auf den Schwarzpappeln. Da bilden sie richtige Kolonien."

„Das interessiert mich sehr, Martin."

„Aglaia, ich", dann brach er ab. Sie schaute ihn fragend an.

„Ich möchte dir noch so viel sagen, weißt du, wir kommen doch bald wieder zusammen, was meinst du, Aglaia?" Die Bitte, die in seinen Augen lag, konnte sie nicht übersehen. Sie nickte nur.

Die Zille rauschte am Schilf vorbei und dieses schleifende Geräusch brachte sie zurück in die Wirklichkeit. Schon stießen sie ans Ufer und Martin befestigte das Boot. Als er ihre Hand hielt, um ihr beim Aussteigen zu helfen, dachte er verzweifelt: Wie kann ich sie festhalten? Aber sie stand schon außerhalb des Bootes, sie gehörte ihm nicht mehr.

Auch sie wünschte sich zurück in die Zille, Martin spürte es deutlich. Es lag auf ihren Lippen zu sagen: Nimm mich wieder mit! Doch sie sprach statt dessen Worte des Dankes und wie schön es gewesen sei.

„Alles, Aglaia?" Seine Frage klang unsicher. Dabei lag noch immer ihre Hand in seiner.

„Alles", kam die scheue Antwort. Während er ihr die Teichrosen in den Arm legte, fragte er hoffend:

„Wann fährst du wieder mit mir durch den Dschungel?"

„Ich weiß nicht, wenn es die Eltern erlauben."

Er schaute ihr nach, wie sie mit leichtem Schritt nach Hause eilte. Ihr gelbes Kleid blitzte noch einmal auf, dann war sie hinter den Weiden verschwunden.

Jetzt erst wurde ihm klar, was er hätte tun und sagen sollen! Er hatte geträumt wie ein Kind: Alles würde so weitergehen, wie er es sich wünschte. Da spürte er plötzlich eine Bangigkeit, sie nicht mehr zu sehen. Doch die Zuversicht seiner Jugend behielt die Oberhand. Mit der festen Hoffnung auf ein baldiges Wiedersehen ging er heim.

Der Glanz des Erlebten lag noch auf seinem Gesicht. Seine Mutter wusste Bescheid, als er sich bei ihr nach der Familie Wieland erkundigte. Sie rührte gerade in großen Töpfen am Herd und es roch köstlich nach frischer Erdbeermarmelade. Nun ist es soweit, dachte sie, ich habe schon darauf gewartet. In das Wielandmädchen hat er sich also verliebt! Die ist auch etwas ganz Besonderes.

„Martin", meinte sie voll Sorge, dass ihr Liebling enttäuscht werden könnte und machte es erst recht falsch, „diese Leute passen nicht zu uns, schlag dir dieses Mädchen aus dem Kopf, schon der Name, wie heißt sie denn nur, Akelei oder so ähnlich!"

„Aglaia", antwortete Martin ruhig, aber schon besorgt, was weiter kommen würde. „Das kommt aus dem Griechischen", fügte er noch beschwichtigend hinzu.

„Na also", erwiderte die Mutter, als ob diese Herkunft erst recht ihre Vorurteile bestätigen würde.

„Weißt du, das sind,bessere' Leute, wie wir sagen, die suchen keinen Kontakt mit uns Einheimischen."

„Das stimmt aber nicht, Mutter, außerdem, was verstehst du unter ‚besseren' Leuten, sind wir den schlecht?", fragte er mit einem gewissen Unterton. Das machte die Mutter verlegen.

„Na ja, das sind wir nicht, aber wir haben nicht so viel Geld und so." Sie rührte energisch in ihrem Topf und ihre Wangen waren hochrot.

„Aha, du meinst also reiche Leute sind besser. Ich glaube, die Wieland sind nicht reich, sie sind doch Flüchtlinge. Und wie ist es dann mit Herrn Hügelsberger, der ist doch reich? Wenn ich aber sehe, was der für ein Leben führt, finde ich nicht, dass er besser wäre", erwiderte er störrisch.

„Nein, da hast du Recht. Es hängt auch nicht allein mit Geld zusammen, vielleicht mehr mit besserer Bildung, weißt du." Martin dachte eine Weile nach. Dann kam seine niederschmetternde Antwort:

„So, ich kenne doch die Tochter von Dr. Treibelmayr, sie fährt mit mir im Autobus in die Schule. Du wärst entsetzt, welch ordinären Spruch die führt. Der Vater hätte das so gesagt, meint sie dann immer, wenn die Leute um sie herum erstaunt aufschauen. Und der Professor Kainz in der Schule redet nur im gröbsten Dialekt mit uns, von ‚Goschen-Halten,' gscherte Hammeln', ‚depperte Buam' und ‚blede Weiba'. Findest du das fein, Mutter?"

Die Mutter war am Ende ihrer Weisheit. Außerdem war es wirklich nicht der geeignete Augenblick, heikle Gespräche zu führen. Aber sie musste doch das letzte Wort haben, schon aus erzieherischen Gründen.

„Du bist der Richtige für die Polizei, der Vater hat schon Recht. Du bringst alles aus den Leuten heraus, aber mich lass jetzt in Ruh, sonst brennt die Marmelade an und da wirst gerade du keine Freude haben. Sei so gut, hol mir aus dem Keller noch ein Kisterl mit leeren Gläsern, die kannst du mir gleich gründlich auswaschen. Nachher wartet schon die Großmutter auf dich. Sie will sich mit dir unterhalten. Dich hat sie ja doch am liebsten."

Das stimmte wirklich, war aber von der Mutter raffiniert eingeworfen worden, um Martin wieder sanftmütig zu machen.

Er warf ihr einen zweifelnden Blick zu, denn er hatte sie durchschaut. Gutmütig tat er alles, was sie ihm gesagt hatte. Er schwieg dabei und hing seinen Gedanken nach. Dann setzte er sich auf die Bank vor dem Haus, wo sich die Großmutter ein bisschen an der Sonne erfreute.

Seine Mutter hatte ihn los und dachte: Recht hat er ja, das Mädchen gefällt mir auch ausnehmend gut, auch der Vater ist nett und bescheiden. Aber die Mutter ist hochnäsig, die lässt meinen Buben bestimmt nicht ins Haus. Brav ist er schon, wie er mir hilft. Die Monika verschwindet immer rechtzeitig, wenn es zupacken heißt, zu einer Freundin.

Aber von diesen letzten Gedanken wusste Martin nichts, weder damals noch heute. Doch ein kühler Tau war über seine erste Liebe gefallen und der Glanz in seinen Augen war matter geworden.

Ähnliches hatte sich bei Aglaia abgespielt. Voll Freude berichtete sie der Mutter von der herrlichen Fahrt mit der Zille. Wie nett und klug doch Martin Waldner sei! Diese Teichrosen hätte er für sie, die Mutter, gepflückt und ihr das Rudern gelernt. Ob sie doch nichts dagegen hätte, wenn sie bald wieder einmal mit ihm auf der Aschach im Boot fahre oder einen Spaziergang mache?

Auch Frau Wieland wusste, warum ihre Tochter kein Ende finden konnte im Erzählen von der Schönheit des heutigen Erlebnisses.

„Ich war schon in Sorge um dich, du hast mir nicht gesagt, wo du hingehst! Natürlich kannst du wieder einmal Boot fahren, er scheint ein solider Bursch zu sein. Ist sein Vater nicht Polizeibeamter in Linz? Wenn er dich abholt, werde ich ihn ja dann kennen lernen."

Bei dem Wort „abholen" stutzte Aglaia. Das hatten sie nicht vereinbart. Alles hatten sie mehr oder weniger dem Zufall überlassen. Aber das Schicksal ging nicht mehr barmherzig mit ihnen um. Voll Sehnsucht warteten sie aufeinander, doch keiner wagte den entscheidenden Schritt. Endlich nahm Martin seinen ganzen Mut zusammen und rief an. Da hieß es, Aglaia sei krank. Martins schlechtes Gewissen ließ ihn kaum einen Gruß stammeln. Dann verbrachte Familie Wieland ihren Urlaub in Italien. Als er eine Karte aus Venedig mit vielen Grüßen erhielt, war er selig und schöpfte neue Hoffnung. Nun begann sein Ferialjob. Vier Wochen fiel er abends todmüde ins Bett. Wenn er anrief, sagte ihm die Mutter, Aglaia sei am Attersee, in Wels bei einer Freundin oder im Waldviertel. Von dort kamen keine Karten mehr.

An den Sonntagen strich er wie ein streunender Hund um die alte Mühle. Auch mit der Zille umkreiste er sie. Doch Aglaia bekam er nie zu Gesicht. Erst am Ende der Ferien raffte er sich auf und läutete am Gartentor der Wielands. Als er aufgeregt vor der Mutter stand, lächelte sie ihn freundlich an. Aglaia hätte sich sehr gefreut, wenn er früher gekommen wäre. Jetzt sei es zu spät, denn die Familie Wieland sei im Begriff, nach Graz zu ziehen. Aglaia wäre aber schon mit ihrem Vater vorausgefahren. Martin richtete noch stammelnd viele Grüße an sie aus. Aber nach der neuen Adresse zu fragen, traute er sich nicht. Von Aglaia hörte er nichts mehr. Noch hoffte er in Graz zu studieren. Mit dem Tod des Vaters war auch dieser Traum ausgeträumt.

Langsam hellte der Himmel auf, der Morgen war im Kommen. Die Vögel spürten es zuerst und ihr nun einsetzendes Konzert war für Waldner das Zeichen, sich vom Haus hinter die kleine Biegung des Baches zurückzuziehen. Er rechnete fast nicht mehr mit einem besonderen Ereignis, trotzdem harrte er noch aus. Schön war das, nur so in der Zille am Wasser zu liegen, das erwachende Leben zu spüren und ein bisschen von der Vergangenheit zu träumen.

Er nahm sich vor, wieder viel mehr in die Natur hinauszugehen. Das würde ihm sein inneres Gleichgewicht zurückgeben.

Plötzlich hörte er Geräusche aus dem Haus. Da trat schon Frau Burghard aus der Tür und schien sich über etwas zu wundern. Sie drehte am Türschloss herum, öffnete die Tür, schloss sie wieder, sperrte ab, sperrte auf und schüttelte dabei den Kopf. Schließlich ließ sie es bleiben und eilte rasch, ohne sich umzuschauen, in den Garten. Kurz darauf hörte Martin das helle Zuschlagen des Gartentürchens. Nach kurzer Zeit kam sie zurück und trug Blumen in der Hand.

Waldner beobachtete ihr Gesicht durch das Fernglas. Ihre Miene drückte eine Mischung aus Verwunderung und Anspannung aus. Als sie im Haus verschwunden war, hörte der Inspektor, wie sich der Schlüssel im Schloss drehte.

Dieser kurze Auftritt von Carla Burghard war für ihn eigentlich sehr aufschlussreich. Sie war es jedenfalls nicht gewesen, die sich heute Nacht im Garten zu schaffen gemacht hatte. Die Tatsache der offenen Tür hatte sie bestürzt, das hatte er deutlich erkannt.

Aber nun wurde es Zeit für ihn, die Überwachung abzubrechen. Es war bekannt, dass der Professor gerne am frühen Morgen Forschungsfahrten mit der Zille unternahm. Da wollte der Inspektor ihm nicht begegnen.

Nun hatte er ein gutes Frühstück nötig. Kaum war er mit dem Auto beim vereinbarten Treffpunkt, erschien auch schon sein Kollege Gerhard Grafenauer. Der war das gerade Gegenteil von ihm. So ergänzten sie sich gut. Gerhard sprach gern und viel, oft zu viel. Er nahm nichts im Leben ernst, vor allem nicht die Frauen. Obwohl er schon lange verheiratet war, naschte er alles mit, was sich ihm anbot. Er sah bei weitem nicht so gut aus wie Martin Waldner. Aber er hatte das gewisse Etwas, das die Frauen anzog. Heute aber schien er reichlich erschöpft zu sein.

„Der Boss liegt im warmen Bett und wir müssen schuften", legte er sofort statt eines Morgengrußes los.

„Du musst doch schlaflose Nächte gewohnt sein", höhnte ihn Waldner.

„Ja, mit einer Bettkatz, aber im dornigen Gebüsch, am feuchten Boden, nur wegen diesem Gespenst, das da in der Nacht seinen Müll in den Mühlbach leert, das hat sich nicht gelohnt."

„Also hast du auch jemanden gesehen, war es eine Frau oder ein Mann und zu welcher Zeit?" Ob Mann oder Frau konnte auch Grafenauer nicht sagen. Aber die Uhrzeit stimmte mit Martins Angabe überein. Ebenso, dass es ein größeres Ding gewesen sein musste, das versenkt worden war.

„Kaum hatte der Unbekannte den Gegenstand ins Wasser geworfen, ist er wie von Furien gejagt zurückgelaufen, der muss eine höllische Angst gehabt haben", stellte Grafenauer fest.

Martin nickte. Frau Burghard hatte Grafenauer nicht gesehen. Sie hatte anscheinend nur das Gartentor geschlossen.

Nun setzten sie sich mit ihrem Chef in Verbindung und teilten ihm ihre Beobachtungen mit.

„Na also“, war seine befriedigte Antwort, „ich wusste ja, das da etwas faul ist. Es tut mir Leid, wir müssen die Täter aufstöbern, jetzt gleich. Stärkt euch im Kaffeehaus am Stadtplatz, ich komme mit dem Hausdurchsuchungsbefehl und hole euch dort ab. Wir müssen sie überrumpeln.“

Heute war sogar Waldner damit einverstanden. Gestern fand er es peinlich. Er hatte die Bewohner nicht gekannt, aber dieses Eindringen in eine private Sphäre mochte er überhaupt nicht. Aber schon gar nicht auf Grund einer anonymen Anzeige.

Im Cafe´ waren sie die ersten Gäste. Sie bestellten ein kräftiges Frühstück mit allem Drum und Dran. Grafenauer, wieder zu Kräften gekommen, konnte es nicht unterlassen, mit dem Serviermädchen über dessen hübschen Beine zu schäkern.

„Du wirst dich auch nie ändern, hast du denn nicht genug an deiner Frau?“, fragte Martin.

„Nicht ganz, aber sie hat sich daran gewöhnt. Sie hat doch die Kinder und weiß, dass ich immer wieder heimkomme. Du brauchst dich da gar nicht aufregen, ich bin viel solider als du, der seine Freundinnen wie Handtücher wechselt und erst gar nicht heiratet.“ Martin nickte beschämt.

„Hast recht, nicht gerade wie Handtücher, aber einige waren es schon und ich bin froh, keine von ihnen geheiratet zu haben.“ So ging der Schlagabtausch zwischen ihnen hin und her, bis der Chef vor ihnen stand.

Auch er schlürfte noch schnell einen Espresso, verzehrte genussvoll ein backofenfrisches Topfentascherl und zahlte für alle. Nun hatten sie genug Energie geladen, um sich in den Kampf zu stürzen. Mit dem Oberinspektor waren noch drei Polizisten mitgekommen.

Zauner gab nun die Anweisungen: Grafenauer hatte mit einem Kollegen den unbekannten Gegenstand in der Aschach ausfindig zu machen und herauszufischen. Wegen etwaiger Spuren musste er auch das Ufer genauer untersuchen. Er nahm an, sie würden die Leiche des Mädchens finden.

„Waldner, Sie durchsuchen den Garten, vor allem aber den Schuppen, auch die Garage, achten Sie auf Blutspuren!"

Die beiden anderen Kriminalbeamten hatten das Haus „auf den Kopf zu stellen."

„Ich aber knöpfe mir die Leute vor, als ersten gleich den Professor."

Als sie an diesem herrlichen Morgen durch die blühende Landschaft über die Brücke in die Lindenallee einbogen, hätte Waldner viel lieber anderes getan, als Unruhe und Angst in ein Haus zu tragen. Er musste sich sagen, dass die Bewohner verdächtigt wurden, ein Kind getötet zu haben. Dann hatte er den richtigen Anstoß, sie überführen zu wollen.

Nach ihrem energischen Läuten erschien wieder die unfreundliche Haushälterin, aber diesmal sofort. Gestern hatte sie sie warten lassen. Freundlich war sie auch heute nicht, im Gegenteil. Als sie die vielen Polizisten sah, reagierte sie grob und unwirsch.

Inspektor Waldner zog Vergleiche mit der nächtlichen Gestalt. Sie käme in Frage, registrierte er. Bevor sie die Männer in das Haus einließ, bedeutete sie ihnen, sich die Schuhe ordentlich abzustreifen. Dann erst durften sie die Eingangshalle betreten. Diese kannten sie schon von gestern. Das Auffallendste in diesem großen, gewölbten Raum waren die Glasvitrinen an den Wänden. Sie enthielten besondere Objekte einer Insektensammlung. Waldner hatte gestern schon bewundernde Blicke darauf geworfen. Doch zum genauen Studieren hatte er keine Gelegenheit.

Auf dem alten Steinboden lag ein dicker Schafwollteppich. Er verschluckte jeden Tritt. Dieser helle Teppich war auch der Grund, warum sie ihre Schuhe so gründlich reinigen mussten.

Gestern hatten sie sich über das lautlose Erscheinen Professor Burghards gewundert, das sich heute wiederholte.

Andere zu erschrecken, hatte Zauner nachher gemeint, stehe nur der Polizei zu. Aber schon gar nicht Personen, die im Verdacht stehen, ein Verbrechen begangen zu haben.

Heute wies er mit ernster Miene seinen Hausdurchsuchungsbefehl vor, den Dr. Burghard mit hochgezogenen Brauen studierte. Dann schüttelte er missbilligend seinen Kopf und fragte, was ihn denn dazu veranlasst hatte, heute gleich mit einer Kompanie aufzumarschieren. Er hatte ihm doch gestern schon bereitwilligst Auskunft erteilt und halte diese anonyme Anzeige für einen ausgesprochenen Blödsinn.

Burghard stand vor ihnen wie ein ins Licht blinzelnder Waldkauz. Das wurde durch die grauweißen Haare, die seinen Kopf strahlenförmig umstanden, noch unterstrichen. Sein dünnlippiger Mund konnte sich mitunter zu einem boshaften Grinsen verziehen und dem Gesicht etwas Fratzenhaftes verleihen. Durch seine auffallende Größe war er eine eindrucksvolle Erscheinung. Aber der magere Körper, die überlangen Arme und seine dünnen, noch längeren Beine, die in abgetragenen Kniehosen aus grünem Schnürlsamt steckten, erinnerten stark an eine Heuschrecke. Die ebenfalls grüne Wollweste stammte sicher aus der Hand seiner Frau. Dass er ein grünkariertes Hemd mit abgewetztem Kragen und keine Krawatte trug, zeigte seine mangelnde Eitelkeit. Die derben Gummistiefel, die er gestern an seinen Füßen gehabt hatte, waren heute durch sauber geputzte hohe Schuhe ersetzt.

Nun legte der Oberinspektor los, das beherrschte er:

„Heute Nacht wurden einige äußerst merkwürdige Beobachtungen rund um Ihr Haus gemacht. Diese Vorgänge zwingen uns, das Haus und den Garten zu durchsuchen. Machen Sie keine Schwierigkeiten und folgen Sie unseren Anordnungen! Es wird sich dann herausstellen, ob die Anzeige berechtigt oder „blödsinnig“ ist, wie Sie es sehen.“

Dr. Burghard schaute ihn daraufhin mit seinen kurzsichtigen Augen erstaunt an, nahm seine dicke Brille ab, putzte die Gläser mit einem blütenweißen Taschentuch, das er dazu umständlich entfaltete, um sie dann wieder vor die rotgeränderten Augen zu schieben. Daraufhin zwinkerte er einige Male, so als ob er noch immer nicht klar sehe, faltete das Taschentuch aber auf ebenso penible Weise zusammen und steckte es sorgfältig in die Hosentasche.

Die Augen der anwesenden Herren folgten aufmerksam seinen Bewegungen. Was sie dabei dachten, konnte man in ihren Gesichtern lesen. Anscheinend wollte er für sein weiteres Vorgehen Zeit gewinnen. Dem war aber nicht so, denn Waldner hatte Gelegenheit, diese Zeremonie noch einige Male zu erleben.

Nun äußerte der Professor den Wunsch, zuerst mit seinem Rechtsanwalt Verbindung aufnehmen zu wollen. Zauner nickte gleichgültig, schickte aber Grafenauer wie Waldner zu ihren Aufgaben. Den Professor ließ er nicht aus den Augen.

Das Telefongespräch ergab nichts. Der Rechtsanwalt war bei einer Verhandlung. Sein Partner machte Burghard klar, dass er im Augenblick gar nichts unternehmen könne.

Der Oberinspektor lächelte leicht, als er das verärgerte Gesicht des Professors sah.

Da wurde mit Schwung die Tür aufgerissen, was beide Herren zusammenzucken ließ. Frau Burghard, in Leinenhose und Hemdbluse, die Ärmel aufgekrempelt, einen grünen Gärtnerschurz umgebunden, mit kurz geschnittenen Haaren, rotem Gesicht und wütenden Augen stand barfuß vor ihnen. Ohne Zauner zu beachten, fragte sie ihren Mann erbost, welcher Idiot hier Männer beauftrage, ihren Garten zu durchwühlen? Nun grinste Professor Burghard vergnügt:

„Da musst du dich gefälligst an diesen Herrn wenden, du kennst ihn doch von gestern? Er ist dafür zuständig, nicht ich, liebe Carla!“

Daraufhin unterdrückte die liebe Carla mühsam ihren Zorn, funkelte böse in Richtung Zauner und begrüßte ihn kühl.

„Was verschafft uns das zweifelhafte Vergnügen Ihres nochmaligen Besuches?“, fragte sie bissig. Spätestens da wusste Zauner, dass mit dieser Frau nicht gut Kirschenessen war. Andererseits erinnerte sie ihn stark an seine eigene Frau. Er hatte genug Erfahrung um zu wissen, dass hier Samthandschuhe am ehesten zum Ziel führten. So setzte er sofort seinen ganzen Charme ein. Mit sanfter Stimme fragte er höflich, ob sie die heutige Sommernacht gut verbracht, ob sie zur nächtlichen Stunde vielleicht einen kleinen Spaziergang unternommen und dabei etwas Ungewöhnliches gehört oder gar den Schein einer Lampe bemerkt habe?

Frau Burghard fühlte sich einesteils verhöhnt, andererseits war sie klug genug, sich zurückzunehmen und gute Miene zum bösen Spiel zu machen. Sie dachte an die offenen Türen und hatte ein ungutes Gefühl dabei.

„Ich beantworte gerne Ihre Fragen, wie ich meine Nacht verbrachte, warum nicht. Ich fürchte nur, dass inzwischen Ihre neugierige Mannschaft meinen Garten neu gestalten will.“

„Ich bitte Sie, gnädige Frau! Sie können sich beruhigen. Da ich seit gestern weiß, wie sehr Ihnen der Garten am Herzen liegt, habe ich meinen rücksichtsvollsten und feinsinnigsten Kollegen mit dieser Ermittlung beauftragt. Ich bin sicher, dass er auf Ihre Anlagen achten wird.“

„So“, sagte sie spitz, „na ja, wir werden sehen!“ Dann setzte sie fort:

„Ich habe gestern den ganzen Tag Marmelade gekocht und bin hundemüde um zehn Uhr nachts ins Bett gefallen. Nach einem solchen Tag hat man kein Bedürfnis nach sommernächtlichen Spaziergängen oder Rendezvous, das wird Ihnen wohl von Ihrer Frau bekannt sein, außer sie beschäftigt sich weniger mit so typisch weiblichen Tätigkeiten.

Ich habe jedenfalls tief und gut an der Seite meines lieben Mannes geschlafen. Ich hörte und sah nichts, nicht einmal den Mond. Um fünf Uhr früh verließ ich das Haus, um vom Garten Blumen zu holen, für den Frühstückstisch. Unsere Gäste sind bald aus dem Haus gegangen."

„Ach, noch eine kleine Frage: Wie entsorgen Sie eigentlich Ihren Müll? Und wer ist für diese Arbeit zuständig?"

Was will er damit wohl sagen? Frau Carla war irritiert. „Vorsicht", warnte eine innere Stimme.

„Nachdem wir uns bemühen, umweltbewusst zu leben, trennen wir alles Anfallende sorgfältig. Gemüse- und Gartenabfälle kommen auf meinen Komposthaufen. Sie sollten die wunderbare Erde im Herbst sehen! Den restlichen Unrat des Hauses entsorgt unsere Terezija. Neben der Garage ist der große Müllcontainer, wenn Sie sich dort umsehen wollen. Papier, Plastik und Glas wird in Schachteln gesammelt und von Zeit zu Zeit von meinem Mann entsorgt. Seit wann kümmert sich die Polizei um den Umweltschutz?" Sie konnte sich solche kleine Bosheiten nicht verkneifen.

„Oh, das machen Sie ja vorbildlich, so sollte es in jedem Haushalt sein! Also in die Aschach wird nichts entsorgt? Und doch hat heute Nacht jemand aus Ihrem Haus dort etwas versenkt. Ob es die Gäste waren?"

Es war ihm gelungen, Frau Carla für kurze Zeit mundtot zu machen. Das bedeutete für ihn einen Riesenerfolg, er wuchs innerlich zu imposanter Größe empor.

Endlich meinte sie verunsichert:

„Wer sollte denn etwas ins Wasser werfen, noch dazu in der Nacht? Wieso sind Sie sich dessen so sicher, vielleicht kam der- oder diejenige von wo anders her? Haben Sie das denn gesehen?"

Sie war schon wieder in Angriffstellung. Als sie einen kurzen Blick auf ihren Mann warf und seine entgeisterte Miene bemerkte, entschuldigte sie sich schnell.

„Ich stehe Ihnen jederzeit für weitere Fragen zur Verfügung, jetzt aber muss ich Ihrem feinsinnigen Inspektor auf die Finger schauen!" Damit empfahl sie sich. Sie fühlte sich feig, dass sie ihren Mann so im Stich ließ, aber die offenen Türen am Morgen machten ihr Sorgen, das musste sie zuerst einmal klären.

Beide Herren folgten ihr mit wohlwollendem, aber auch nachdenklichem Blick. Da gab sich Professor Burghard einen Ruck und sagte:

„Nun, da die Untersuchungen länger dauern werden, bitte ich Sie, in mein Arbeitszimmer zu kommen. Erschrecken sie nicht über die vermeintliche Unordnung eines Forschers."

Der Auftritt seiner Frau war wie ein Gewitter vorbeigezogen. Es hatte die Atmosphäre zwischen den beiden Herren etwas gereinigt. Oberinspektor Zauner hatte fast Mitgefühl mit dem Professor, wusste er doch, was es hieß, mit einer so tüchtigen und intelligenten Frau sein Leben zu teilen.

„Ihre Frau scheint Humor zu haben", sagte er lächelnd, aber auch ein wenig hinterhältig. Er war der Meinung, einen unschuldig scheinenden Sexstrolch vor sich zu haben und versuchte die Gefühle des Ehepaares zueinander unauffällig auszuloten. Burghard lachte und ließ seine falschen Zähne weiß aufblitzen.

„Den hat sie allerdings, sie verliert ihn nur, wenn man ihren Pflanzen etwas antun will. Das sind ihre Kinder, wenn Sie so wollen." Da hatte er Zauner das richtige Stichwort geliefert.

„Sie haben keine Kinder, nicht wahr?"

„Nein, es tut uns Leid, dass es nicht geklappt hat. Ich habe meine Forschungsarbeit und meine Frau findet so viele sinnvolle Aufgaben, dass wir der Meinung sind, auch ohne Kinder ein erfülltes Leben führen zu können. An meiner Nichte haben wir ja wohl spät, aber doch noch eine Tochter gefunden."

„Ist Ihre Sekretärin Ihre leibliche Nichte, ich habe sie leider noch nicht kennen gelernt."

„Ja, das ist sie, eine liebe, tapfere Frau, der das Leben übel mitgespielt hat."

„Ich weiß." Sollte er von dem Verdacht sprechen? Lieber nicht, dachte er, irgendetwas hielt ihn zurück.

„Sie lebt hier mit Ihnen zusammen?"

„Ja, wir haben sie aufgenommen, sie war verzweifelt und hatte keinen Menschen mehr, außer uns."

„Das ist schön von Ihnen. Ich habe jetzt noch eine Frage. Sagen Sie, wo waren Sie heute in der Nacht um zwölf Uhr?"

„Sie hörten es doch gerade von meiner Frau, ich schlafe wenig, aber wenn dann tief."

„Ach, Sie schlafen wenig. Was tun Sie denn dann in dieser Zeit?"

„Das fragen Sie einen Wissenschaftler, einen Entomologen? Wann glauben Sie, habe ich meine vielen Insekten gefangen? Die meisten natürlich in der Nacht. Haben Sie eine Ahnung, was es bedeutet, alle diese Arten mit ihren Raupen und Larven zu mikroskopieren, zu präparieren, zu katalogisieren, dann noch entsprechend aufzubewahren, und weiteres mehr, fast alles mach ich in der Nacht." Burghard war empört. Zauner sah ein, dass er sich eine Blöße gegeben hatte. Gut, dass kein Untergebener dabei war. Nun wollte er aber zeigen, dass auch er Bescheid wusste:

„Wenn Sie Ihre Scheinwerfer zum Anlocken der Nachtschwärmer aufstellen, sind Sie da allein, oder locken Sie auch Neugierige an?"

„Ich mache das meistens hier im Garten. Wenn ich ausnahmsweise außerhalb beschäftigt bin, brauche ich niemanden. Im Gegenteil, Neugierige sind mir hinderlich. Wenn Sie auf Maria Unterstrasser hinauswollen, muss ich Sie enttäuschen, ich habe sie dabei nie gesehen."

In diesem Augenblick trat ein Polizist ein. Es war einer von denen, die Zauner zur Untersuchung der Wohnung eingesetzt hatte. Er wollte allein mit dem Oberinspektor sprechen.

Im Gästezimmer hatte er einen Rucksack mit getragener Mädchenkleidung gefunden. Jeans, T-Shirts, Unterwäsche.

„Sicherstellen", sagte Zauner nur.

Als er ins Arbeitszimmer zurückkehrte, fragte er sogleich nach den Gästen. Auch, ob sie allein dieses Zimmer benützten, und dass er sie sprechen möchte.

„Leider", meinte der Professor, „das Ehepaar Krassnitzer ist kurz bevor Sie kamen fortgefahren. Sie wollen die Aschach und die Bäche, die sie aufnimmt, bis hin zur Donau mit ihrem Schlauchboot erforschen. Sie werden, wenn überhaupt, erst spät in der Nacht zurückkommen. Da das Wetter so schön ist, zelteln sie wahrscheinlich irgendwo." Lag nicht ein spöttisches Lächeln auf seinen Lippen? Zauner ließ sich seine Enttäuschung nicht anmerken.

Inzwischen hatte sich Inspektor Waldner im Garten umgeschaut. Ob er so ausgesehen hat, als noch Aglaia hier wohnte, fragte er sich. Wohl kaum, vor so langer Zeit.

Mit Frau Burghard führte er ein beruhigendes Gespräch. Er bewunderte ihre Pflanzen, fragte nach ihren Lieblingsblumen und, ob sie den Garten allein betreue.

„Nein", sagte sie, „meine Nichte hilft mir dabei, es macht ihr große Freude zu pflanzen und zu säen."

„Er ist auch wunderschön, so stelle ich mir die englischen Gärten vor. Diese herrlichen Iris, sie haben ein ganz besonderes Blau."

„Ja, heuer blühen sie später als sonst. Es sind Lieblingsblumen meiner Nichte, sie malt sie so gerne. Aber ich sehe, auch Sie verstehen etwas von Blumen, ein Hobby von Ihnen?"

„Nicht der Rede wert, früher einmal …" Dann versicherte er ihr, die Schaufel nur dort, wo er frische Spuren sehe und nur in ihrer Gegenwart einzusetzen. Mit seiner ruhigen Art eckte er viel seltener an als seine Kollegen.

Dieser fesche Mann scheint tatsächlich auch rücksichtsvoll zu sein, dachte Frau Carla anerkennend. Das findet man selten.

Den anderen Beamten schickte Martin in die Garage, er wollte das kleine Gartenhaus allein durchsuchen. Als Frau Burghard seine Absicht merkte, fragte sie:

„Glauben Sie denn wirklich, dass mein Mann ein Kind töten könnte, Herr Inspektor?“ Waldner schaute sie erstaunt an. Sie wurde ein wenig verlegen, dann beeilte sie sich zu sagen:

„Ich weiß, ich weiß, Sie können mir darauf nicht antworten. Erschrecken Sie nicht, das Gartenhaus ist voll mit Gerümpel der Vorbesitzer. Wir haben hier alles für den Sperrmüll zusammengetragen. Die Tür ist immer offen. Ich lasse Sie drinnen allein.“ Darüber war er froh. Er hatte nicht gerne Zuschauer bei seinen Ermittlungen.

Die Tür knarrte genau so, wie er es in der Nacht gehört hatte. Im Inneren herrschte ein unbeschreibliches Durcheinander. Nun wusste er, warum sich Frau Burghard zurückgezogen hatte. Was hier lag, musste wohl von einigen Besitzern stammen.

Zerbrochene Liegestühle, Gartenschläuche, Gießkannen, Blumentöpfe, Gartenerde in aufgerissenen Säcken, zerschlissene Sonnenschirme und abgebrochene Schaufeln, sogar ein alter Kinderwagen! Es war fast unmöglich, durch dieses Chaos durchzukommen. Er musste doch darauf bedacht sein, keine Spuren zu verwischen.

Zuerst gewöhnte er seine Augen an die Dunkelheit. Wenn hier jemand getötet worden war oder auch nur hier versteckt wurde, mussten in der dicken Staubschicht unweigerlich massenhaft Abdrücke oder Schleifspuren zu erkennen sein. Richtig, gleich bei der Tür bemerkte er den Abdruck eines Schuhs mit einer stark gerippten Sohle. Die Größe könnte zum Fuß einer Zwölfjährigen passen.

Waldner hielt auf einem Blatt Papier die Umrisse des Abdrucks fest. Wo wären noch weitere Spuren zu finden? Er musste noch tiefer vordringen. Das Sofa war mit einer dicken Staubschicht bedeckt. So fuhr er mit der Hand in die Spalten der Polsterung.

Münzen, Haarnadeln, Schokoladepapier, lauter Relikte aus einer vergangenen Zeit. Er strich über die Polster, doch nur Stofffasern und Schmutz blieben zwischen seinen Fingern hängen.

Martin ließ nicht locker. Jetzt schlug er leichtsinnigerweise mit der Hand auf die Polsterung. Das hätte er nicht tun sollen. Eine ungeheure Staubwolke erhob sich und hüllte das ganze Gerümpel einschließlich ihn in einen dichten Nebel. Noch unangenehmer aber war der nun folgende Niesreiz, der kein Ende mehr nehmen wollte.

Anscheinend angelockt durch sein Lärmen und Niesen verdunkelte sich plötzlich die Tür. Irgendjemand stand dort und beobachtete ihn. Er war so eingeklemmt, dass er sich nicht einmal schnell umdrehen konnte. Richtig ärgerlich wurde er auf diesen Schweinestall, aber besonders auf den Menschen, der ihn störte. Mitten hinein in sein Niesen, das ihn völlig hilflos machte, ertönte plötzlich eine sanfte Stimme:

„Entschuldigen Sie, ich will Sie nicht stören, aber wenn Sie vielleicht ein Rad suchen, ich habe es heute nacht in den Bach geworfen. Aber bitte verraten Sie mich nicht meiner Tante!"

Der Inspektor glaubte nicht richtig zu hören. Er blieb wie erstarrt stehen. Dann nieste er noch einmal kräftig, schnäuzte ordentlich und begann vorsichtig sich umzudrehen. Dabei zog er den Kopf ein, denn eine zerbrochene Laterne baumelte gefährlich von der Decke.

Die Stimme kam ihm bekannt vor, aber Frau Burghard hätte nicht so sanft gesprochen. Auch die Haushälterin verfügte über eine gröbere Tonart. Geblendet vom Gegenlicht konnte er die Frau nicht erkennen. Mit dem Taschentuch wischte er sich den Staub vom Gesicht. Flimmernd in den spärlichen Sonnenstrahlen, die beim winzigen Fenster hereinfielen, setzte sich dieser endlich wieder dort ab, wo er ihn aufgewirbelt hatte. So war es ihm langsam möglich, seinen Kopf durch umgestülpte Peddigrohrstühle schiebend, endlich ins Antlitz der sanften Sprecherin zu blicken.

Die Stimme passte zu dem zarten Gesicht, das von leicht gelockten Haaren umrahmt war. Auch zu den großen, nachtblauen Augen, die erschrocken zu ihm hereinstarrten und die ihm die Gewissheit gaben, wer mit ihm gesprochen hatte.

Da blieb ihm fast das Herz stehen. Im nächsten Augenblick erst erfasste er, was sie zu ihm gesagt hatte.

Er starrte sie noch immer sprachlos an. Sie war älter geworden, natürlich, die Augen waren matter und um den Mund hatten sich zarte Kummerfalten eingegraben. Ihre reizvolle Schönheit hatte sie nicht verloren. Aber die strahlende Lebensfreude war ihr abhanden gekommen.

Schlagartig waren die siebzehn Jahre abgebaut und eine Welle der Zuneigung stieg in ihm hoch. Zugleich auch die scheue Beklommenheit von damals.

Da stand seine verlorene Aglaia vor ihm, in ausgewaschenen Jeans, einem gelben T-Shirt und einem Korb mit Erdbeeren in der Hand. Endlich fand er seine Sprache wieder, aber er gab sein Erkennen nicht preis.

„Warum haben Sie denn das getan und warum darf Ihre Tante davon nichts wissen?“ Er musste sich räuspern, seine Stimme klang belegt, nicht nur vom Staub. Hatte er zu hart gesprochen? Die Antwort ließ auf sich warten.

Langsam versuchte er sich aus der Umklammerung des Wirrwarrs herauszuwinden, ohne allzu lächerlich zu erscheinen. Sie antwortete zögernd, machte Pausen, als ob sie überlegen müsste, was sie sagen sollte. Es klang demnach unglaubwürdig genug.

„Ich war mit meinen Gedanken wie so oft zu sehr in der Vergangenheit. Darum dachte ich, als ich das Rad fand, es sei das meiner Tochter und stellte es in das Gartenhaus. Erst heute Nacht fiel mir ein, dass es doch unmöglich dasselbe Rad sein konnte. Ich wollte es auf den Platz zurückstellen, wo ich es gefunden hatte. Aber da war etwas, wovor ich wahnsinnig erschrak, so warf ich es schnell in den Bach!“

Wie unsicher und ängstlich sie gesprochen hatte. War das wirklich die scheue, aber so übermütige Aglaia?

„Und warum darf das Ihre Tante nicht wissen?“ Martin rückte ihr schon näher und er merkte, dass sie aufhorchte.

„Wissen Sie, Herr Inspektor, sie macht sich solche Sorgen um mich, besonders dann, wenn ich so unüberlegt handle.“

Gerade als er glaubte, dem Gerümpel entronnen zu sein, blieb er an einem Nagel hängen und riss sich ein Loch in sein Blouson.

„Ach“, brummte er verärgert. Das allein genügte, Aglaia noch angstvoller blicken zu lassen. Ihre Augen kreuzten sich. Jetzt überkam auch sie das große Erkennen. Sie wurde abwechselnd blass und rot und stammelte mit Tränen in den Augen:

„Martin, Martin Waldner, du bist es wirklich, nein, das ist doch nicht möglich!“, und sie machte Anstalten, ihm um den Hals zu fallen.

Auch Martin war die Röte ins Gesicht geschossen. Auch seine Augen, als er ihre Freude sah, waren feucht geworden. Aber da er stocksteif stehen blieb, kam ihr zum Bewusstsein, was zwischen ihnen lag. Nun war sie sehr verlegen und stotterte:

„Verzeihung, Herr Inspektor, Sie sind mir nicht böse, die Freude war so groß, Sie wieder zu sehen!“

Martin überlegte, wie er sich verhalten sollte. Er entschloss sich für das im Augenblick Vernünftigste und sagte:

„Aglaia, es kam zu überraschend für mich, aber ich freue mich sehr, sehr, dich nach so langer Zeit vor mir zu sehen. Versteh es nicht falsch, ich bin leider im Dienst, es ist besser für dich, wenn wir heute Sie zueinander sagen.“ Er nahm ihre Hand und hielt sie, wie damals, viel zu lange in der seinen. Noch dazu war sie klebrig vom Saft der Erdbeeren, die sie gepflückt hatte. Das störte ihn nicht. Er ließ sie erst los, als sie nickte. Daraufhin setzte er wieder seine ernste Miene auf.

Aglaia bemühte sich, noch etwas Erklärendes zu ihrem Verhalten zu sagen:

„Wissen Sie, Herr Inspektor, Tante Carla ist so lieb und gütig mit mir, auch Onkel Reinhold. Sie haben mich aufgenommen, seit ich meinen Mann verlassen habe.

Aber darf ich Ihnen den Riss in der Jacke flicken, ich bin doch schuld daran. Und ich glaube, dass ich das kann."

Waldner schaute sie ungläubig an. Ja, sie meinte es ernst, sie war noch genau so hilfsbereit wie damals. Er wehrte lächelnd ab, worauf sie sagte:

„Natürlich wird Ihre Frau das viel besser machen."

„Ich bin nicht verheiratet, Frau Ehrenhausen, ich lebe allein und da lernt man das Nötigste."

„Nein, bitte nennen Sie mich nicht mit diesem Namen, ich habe meinen Mädchennamen wieder angenommen. Wieso wissen Sie, dass ich einmal so geheißen habe?" Sie wandte sich unglücklich ab.

„Aglaia, ich wollte Sie nicht kränken, es tut mir Leid. Ich weiß seit gestern, dass Sie Schlimmes erlebt haben, aber es ist mir sicher nicht alles bekannt. Ich habe keine Ahnung gehabt, dass Frau Ehrenhausen einmal Aglaia Wieland war."

„Ja, das Leben ist nicht sehr sanft mit mir umgegangen, nein, was sag ich, ich war es, die Fehlentscheidungen getroffen hat. Warum haben auch Sie, Martin, Ihre Berufswahl geändert? Wenn ich an Sie gedacht habe, sah ich Sie als Naturforscher, bei einer Expedition oder dergleichen, aber als Polizist? Da muss ich mich erst daran gewöhnen", sagte sie lächelnd.

„Finden Sie den Beruf eines Polizeibeamten unehrenhaft oder gar lächerlich?" Sie hatte ihn ins Mark getroffen. Was sie nun sagte, das schmerzte ihn tief.

„Nein, nein, die Polizei sorgt wie im Märchen, dass die Guten bestraft werden und die Bösen belohnt –, ach, entschuldigen Sie, ich meinte natürlich umgekehrt." Als sie die steile Falte zwischen seinen Brauen und den betroffenen Ausdruck der Augen sah, wusste sie, was sie angestellt hatte.

„Sie sagten es so, wie Sie dachten, Frau Wieland, schade, zu welcher Kaste der Menschen zählen denn Sie sich?“

„Ab jetzt, da ich den letzten guten Freund aus glücklichen Tagen gekränkt habe, zu den Verlorenen, Herr Inspektor. Wie kann ich es nur wieder gutmachen?“

„Ich kenne nun Ihre Einstellung, warum sollten Sie etwas zurücknehmen? Aber wenn Sie weiter so Gefährliches tun wie Räder von abgängigen Kindern ins Wasser zu werfen, dürfen Sie sich nicht wundern, wenn auch Sie mit hineingezogen werden!

Wissen Sie, nicht nur von der Natur kann man viel erfahren und lernen, auch die Menschen geben Rätsel auf, die man in meinem Beruf ergründen kann. Denn Gut und Böse ist in jedem von uns. Manchmal, wenn das Böse hervorbricht, ist die Polizei eben unvermeidbar. Gerade den Verlorenen zu helfen wäre unsere Aufgabe. Sie müssen sehr schlechte Erfahrungen mit meinen Kollegen gemacht haben.“ Er wandte sich erneut seinen Ermittlungen zu.

„Ich muss Sie nun bitten, mir Ihren linken Schuh zu leihen. Haben Sie diese Schuhe heute in der Nacht getragen?“

Aglaia, die bedrückt vor ihm stand, nickte und zog den Turnschuh aus. Dann schaute sie zu, wie er den alten Abdruck mit dem neuen, zu dem er den Schuh daneben in den Staub drückte, verglich. Er passte haargenau.

„Sie sagten, Sie hätten das Rad gefunden. Können Sie mir die Fundstelle zeigen?“

Aglaia war nun bemüht, wieder etwas gut zu machen. Eifrig antwortete sie:

„Natürlich kann ich Sie hinführen. Das Rad lag unweit von hier in einem Gebüsch versteckt. Es war abgesperrt und die Kette war herausgesprungen.“ Sie stellte den Korb ab, den sie noch immer in der Hand hatte, wusch sich am alten Brunnen die Hände und eilte dem Inspektor voraus.

In ihren Bewegungen lag die gleiche mädchenhafte Anmut wie

siebzehn Jahre zuvor. Waldner bemühte sich, keine rührseligen Gefühle aufkommen zu lassen. Am Gartentor kamen ihnen Grafenauer und der Polizist triumphierend entgegen. Sie trugen ein völlig verschlammtes Rad.

„Was sagst du, Martin? Es war eine mühsame Drecksarbeit, aber wir haben es geschafft. Was ist mit dir?“ Ein aufreizender Blick traf Aglaia. Waldner machte sie bekannt und in Grafenauers Augen trat der gewisse Glanz.

„Frau Wieland will mir den Platz zeigen, an dem sie das Rad gefunden hat, ohne zu wissen, wem es gehört.“

„Dann waren also Sie die geheimnisvolle Gestalt, die diese nächtliche Aktion vollbracht hat?“ Aglaia schaute ihn verständnislos an. Man merkte, wie sie sich verschloss.

„Wieso wissen Sie das?“, fragte sie misstrauisch.

„Weil wir Sie dabei gesehen haben“, kam die herausfordernde Antwort. Esel, dachte Waldner, Wichtigtuer, der alles kaputt macht.

So war es auch beinahe. Aglaia warf Martin einen feindseligen Blick zu.

„Ich bring dem Chef das Rad, vielleicht liegt Maria auch da unten.“ Bedeutungsvoll blickte er auf Aglaia und eilte fort.

Frau Wieland ging jetzt nur zögernd, fast widerwillig weiter. Sie sprach kein Wort. Den Kopf hielt sie gesenkt. Kurz darauf kamen sie zu der Stelle, wo sie das Rad versenkt hatte. Sie sagte leise: „Darf ich Sie fragen, ob dieser Herr ein Freund von Ihnen ist?“

Martin lächelte.

„Nein, Aglaia, er ist ein Kollege und wir hatten den Auftrag, heute Nacht das Geschehen um die alte Mühle im Auge zu behalten.“

„Da bin ich aber froh, über beides“, fügte sie hinzu.

„Wieso?“, fragte er erstaunt.

„Weil ich mich so beobachtet gefühlt habe. Außerdem lag Zigarettenrauch in der Luft. Jetzt weiß ich, dass Sie es gewesen sind.“

„Und das beruhigt Sie, obwohl wir Polizisten sind?" Er hatte ihre Aussage noch immer nicht verkraftet.

„In diesem Fall schon, Herr Inspektor, haben Sie geraucht?"

„Wir rauchen beide nicht, schon gar nicht im Dienst", war seine Antwort.

„Dann habe ich mir das wohl nur eingebildet. Meint Ihr Kollege, Maria sei ertrunken?"

„Es wäre doch möglich, nicht wahr?"

„Das glaube ich nicht, sie konnte gut schwimmen. Ich sah sie, wie sie sich mit anderen Kindern im Wasser getummelt hat."

Wenn du wüsstest, Aglaia, wie du mich mit diesen Worten erleichterst, dachte Martin.

„Aber das Mädchen könnte bei einem Sturz mit dem Rad unglücklich hingefallen und dann ertrunken sein. Oder jemand hat ihr einen Schlag versetzt und sie ins Wasser geworfen."

Auf seine Worte hin schaute sie ihn an, als ob sie in eine andere Welt versetzt worden wäre.

„Ja", sagte sie geistesabwesend, „das kann man alles und es gibt auch Leute, die so etwas tun. Man kann ein Kind schon im Mutterleib töten, vom Balkon stoßen, so schlagen, dass es daran stirbt, erwürgen, aber am unauffälligsten ist es, wenn man es bewusst von einem Auto überfahren lässt!"

Ihr Gesicht hatte sich schrecklich verändert. Der Liebreiz war verschwunden, ihre Züge waren hart geworden. Im nächsten Augenblick fing sie bitterlich zu weinen an.

„Aglaia, ist es dein Kind, an das du denkst?", fragte er behutsam. Sie nickte.

„Vier Jahre ist es her. Susanna war das schönste und liebste Kind auf der Welt. Ich habe ihren Tod noch immer nicht überwunden. Verzeihen Sie mir, Martin! Aber es geht schon wieder."

„Darf ich Sie nun zum Fundort führen?" Martin nickte. Kurz darauf standen sie vor einem wilden Gestrüpp.

„Hier unter den Ranken ist das Rad gelegen. Das rote Katzenauge, das in der Sonne aufgeleuchtet hat, machte mich aufmerksam. Ich zog es aus dem Versteck und schleppte es zum Gerümpel. Natürlich war es blödsinnig von mir!"

„Nehmen Sie Medikamente?"

„Nur damals, als ich schwere Depressionen hatte. Aber seit wir hier sind, brauche ich keine mehr."

Martin sah ihr prüfend in die Augen. Sie sagte die Wahrheit.

Nun machte er sich an die Arbeit. Er legte sein Blouson ab und kniete sich nieder. Nichts als abgebrochene Zweige und zerquetschte Stängel lagen vor ihm. Wer das Rad hier abgelagert hat, war in Eile gewesen. Er hatte es unsanft hineingestoßen. Das machte ihn verdächtig. Aber das Rad war abgesperrt. Der Täter würde sich kaum die Mühe nehmen, weder vor noch nach der Tat. Da war es viel naheliegender, das Mädchen hatte es, nachdem sie das Rad nicht mehr benützen konnte, in den Graben geworfen, abgesperrt und mit Zweigen bedeckt.

Martin bog die Stauden auseinander. Ganz zu unterst lag im Graben, halb bedeckt mit welken Blättern, eine kleine Werkzeugtasche. Sie war an der Aufhängung abgerissen. Als Martin mit dem Täschchen in der Hand zu Aglaia aufschaute, hatte sie sein Blouson, das achtlos am Boden lag,aufgehoben und sorgsam über ihren Arm gelegt. Mit aufmerksamen Augen folgte sie seinen Untersuchungen und meinte ernst:

„Das ist ja unerhört spannend, Herr Inspektor."

„Ach Aglaia", lachte er nachsichtig, „eine Zusammenarbeit mit der Polizei kommt doch wohl derzeit für Sie nicht in Frage? Auf der Zille damals, da war das etwas anders, nicht?"

„Ja Martin, ganz anders", sagte sie leise.

Als Waldner das Täschchen öffnete, fiel ihm der eingebogene Radfahrausweis, lautend auf Maria Unterstrasser, entgegen. Ganz zu unterst lag ein kleiner Zettel, wie aus einem Notizblock gerissen. Mit grellrotem Farbstift war darauf eine einfache Kritzelei aus Kreisen, Punkten und Strichen gemalt.

Unter dem Schraubenschlüssel fand er noch eine zerknüllte Eintrittskarte. Es war nicht zu erkennen, wofür sie gebraucht worden war. Noch immer vor dem Graben kniend, steckte er seine Funde in das Notizbuch. Aglaia hütete sich zu fragen, was er denn auf diesem Zettelchen Bedeutungsvolles entdeckt hatte, dass er es so sorgfältig verwahrte.

Siebzehn Jahre sind es her, dachte sie, es ist nicht zu glauben. Da kniete er genau so eifrig im Boot, um ihr das Nest im Schilf zu zeigen. Seine Stimme riss sie aus ihren Träumen:

„Sie könnten mir, während ich hier noch herumsuche, alles, was Sie von Maria wissen, erzählen."

„Gerne, ich habe immer ein wenig Mitleid mit ihr gehabt, denn es hat sich niemand so recht um sie gekümmert. Sie war den ganzen Tag sich selbst überlassen. Wenn ich hier auf dieser Bank saß, kam sie manchmal um mit mir zu plaudern. Der Tod Susannas interessierte sie brennend. Sie schien mir ein wenig frühreif zu sein. Für ihr Alter war sie schon sehr entwickelt.

Einmal erzählte sie mir, ein Matrose hätte sie eingeladen, mit ihm zu fahren, wohin sie wolle. Ungern hätte sie abgelehnt. Sie war immer unterwegs und sehr neugierig. Ich versuchte ihr die Gefahren solcher Abenteuer vor Augen zu führen. Auch am Radwanderweg hielt sie sich gerne auf. Da nahm sie einmal eine Einladung einer Gruppe junger Leute an, sich zu ihnen zu setzen. Würstl wurden gebraten und Cola getrunken. Es war so lustig, weil die Jungen alle so nett mit ihr waren. Ich warnte sie immer wieder, allein so weit herumzufahren. Zuletzt reagierte sie nur mehr schnippisch. Ihre Familie hätte nichts dagegen, meinte sie. Dann blieb sie einige Zeit weg."

Waldner hatte hier so nebenbei mehr über Marias Leben erfahren, als Zauner wahrscheinlich beim Verhör des alten Professors je herausbekommen würde.

Martins Wühlen im Graben brachte keine weiteren Entdeckungen mehr. So brach er die Suche ab und Aglaia reichte ihm sein Blouson. Ruhig wanderten sie miteinander entlang des Baches zurück. Die Sonnenstrahlen warfen goldene Kringel in das Wasser, Margeriten blühten am Wegrand, von irgendwoher roch es nach gemähtem Gras. Ein Traktor tuckerte in der Ferne. Das könnte Franz sein, der auf den Gemüseacker fährt, dachte Martin. Schön war das, dieses einfache ländliche Leben. Er nahm es mit Freude wahr. Auch Aglaia schien es zu gefallen. Aber dieses Besondere des Tages, war es nicht erst durch ihre Gegenwart entstanden, fragte er sich?

Wie hatte doch seine letzte Freundin immer gejammert und gestöhnt, wenn er eine Wanderung vorschlug. Fußballplätze, Kinos, Discos, Straßenfeste, das war lustig, da war was los! Alles andere langweilte sie. Das war auch der Grund, warum ihre Verbindung von Anfang an zum Scheitern verurteilt war. Anscheinend war die kleine Maria auch so ein Typ wie Gerda.

„Du bist ein lieber Kerl, Martin, auch sonst konnte ich nicht klagen," da hatte sie so gewiss aufgelacht, „aber entweder bist du im Dienst oder du tust etwas, was mich nicht freut. Langweilig ist das Leben mit dir, sei mir nicht bös, ich habe mir einen Freund gesucht, der besser zu mir passt!" Ein schneller Kuss und fort war sie. Ihre witzige Art fehlte ihm schon ein bisschen. Er hatte sich an sie gewöhnt, aber die große Liebe war sie nie.

Er warf einen Seitenblick auf Aglaia. Sie störte ihn auch jetzt nicht mit Fragen. Im gleichen Tempo schritt sie mit ihm aus.

Als sie am Gartentor ankamen, fragte sie zaghaft:

„Werde ich nun von Ihrem Kollegen in die Mangel genommen?"

„Es wird schon so schlimm nicht werden, Sie haben doch keine Angst? Warum denn auch? Haben Sie mir nicht die Wahrheit gesagt?" Fragend schaute er sie an, doch Antwort bekam er keine.

Das Haus, in das sie nun eintraten, glich einem Bienenstock. Jeder Raum wurde von einem anderen Beamten durchsucht.

Oberinspektor Zauner saß wie die Bienenkönigin in der Mitte, verhörte und erteilte Befehle. Dazwischen telefonierte er.

Aglaia stellte den Korb mit den Erdbeeren in die Küche. Sie zog sich ins Dachgeschoss zurück. Auch ihr Zimmer hatte man durchwühlt. So machte sie zuerst Ordnung. An eine ernste Arbeit mit Onkel Reinhold war derzeit nicht zu denken.

Sie fühlte sich sehr abgespannt. Das Wiedersehen mit Martin Waldner hatte sie mehr aufgewühlt, als sie sich eingestehen wollte. Sie hatte wirklich gedacht, er sei in der weiten Welt. Sein Elternhaus war verschwunden, ein neues Haus stand an seinem Platz und fremde Menschen bewohnten es.

Sie hatte das Bedürfnis zu duschen. Es war ihr ordentlich heiß geworden, sie sehnte sich nach Abkühlung. Oder war es deshalb, weil sie nicht zufrieden mit sich war? Zuerst hatte sie die Unwahrheit und dann eine Taktlosigkeit gesagt. Natürlich war Martin von ihren Worten enttäuscht gewesen, trotzdem war er höflich geblieben. Anscheinend hatte sie den richtigen Umgangston mit Männern vergessen, vor allem mit jenen, an denen ihr lag. Gab es denn noch solche in ihrem Leben? Was war plötzlich mit ihr los?

Da fiel ihr Blick in den Spiegel. In den letzten Jahren hatte sie gleichgültig darüber hinweggesehen. Heute betrachtete sie sich kritisch. Während das Wasser an ihrem Körper herunterrann, meinte sie mit ihrer Figur zufrieden sein zu können. Nur aufrechter muss ich mich halten, dachte sie.

Der Kummer und die vielen Tränen, besonders in der Nacht, hatten schon Spuren um Augen und Mund hinterlassen. War das ein Wunder? Warum hatte sie ihm nicht die Wahrheit gesagt? Er hatte sie so ernst angeschaut. Und dann so liebevoll. Meinte er wirklich, sie sei drogenabhängig? Das wäre auch verständlich, nach ihren dummen Erklärungen. Diese Handlungsweise, das Rad zu verstecken und dann zu versenken, war so irrwitzig, dass sie fast lachen musste.

Aber es war nicht zum Lachen, sie hatte sich dadurch sehr verdächtig gemacht. Die Polizisten können sich jedenfalls vorstellen, dass sie Maria getötet habe. Ins Wasser gestoßen, so vermutet dieser ekelhafte Kerl. Könnte sie denn das?

Warum war sie nicht zu ihrem Onkel gegangen und hatte offen mit ihm gesprochen? Den Kollegen die Unwahrheit zu sagen, das wäre gerade noch gegangen, aber Martin zu belügen war fast nicht zu ertragen. Bei der nächsten Gelegenheit musste sie ihm die Wahrheit gestehen. Sie könnte ihm sonst nicht mehr in die Augen schauen. Er hatte sie aufs Neue beeindruckt, daran war nicht zu rütteln. Das war wohl der Grund, warum sie begann, auch ihre Haare zu waschen. Unentwegt waren dabei ihre Gedanken bei Martin. Was musste da geschehen sein, dass er nun doch Polizist geworden ist, was er damals absolut abgelehnt hatte? Und sie war noch gefühllos darauf herumgetrampelt.

Sie schlang das Handtuch um die Schultern und öffnete ihren Kleiderschrank. Etwas Modisches wollte sie heute tragen. Aber sie wurde nicht recht fündig. Schließlich wählte sie den weißen Rock und eine dunkelblaue, ärmellose Bluse mit weißen Tupfen. Das war noch das Flotteste, fand sie. Statt in die alten Sportschuhe schlüpfte sie in neue Sandalen. Ein kurzer Blick noch in den Spiegel, dann lief sie nervös die Treppe hinunter.

Professor Burghard war nun endgültig aus seinem Arbeitszimmer verbannt. Oberinspektor Zauner residierte an seinem Schreibtisch. Als Martin eintrat, stand in der Mitte des Zimmers das schmutzige Fahrrad. Nasser Schlamm tropfte noch immer herunter, darum hatte eine fürsorgliche Seele alte Lappen darunter ausgebreitet. Malerisch, wie auf einem Plakat von Römerquelle, lag Dr. Krassnitzers Rucksack daneben. Man konnte an ihm die vielen abenteuerlichen Campingfreuden seines Besitzers ablesen.

Rundherum, wie für einen Flohmarkt ausgelegt, breiteten sich getragene Kleidungsstücke aus. Wer wohl dieses Arrangement zusammengestellt hatte? Es bewies künstlerische Ambitionen.

„Hübsch“, erlaubte sich der Inspektor anerkennend zu äußern. Darauf traf ihn ein vernichtender Blick seines Chefs. Der hatte nicht viel Sinn für Humor, schon gar nicht für den hintergründigen, den Martin schätzte.

Das Arbeitszimmer war äußerst gemütlich, da trug die teilweise angebrachte Holzvertäfelung wohl dazu bei. Ein wuchtiger Bücherschrank füllte eine Seite des Raumes. Martin konnte sich daneben im Kamin das prasselnde Holzfeuer in der kalten Jahreszeit gut vorstellen, dazu noch als Gipfel der Behaglichkeit die davor stehenden Fauteuils mit ihrem abgenützten Lederbezug. Die an den Wänden hängenden Stiche und Grafiken hätte er gerne näher angeschaut, aber da war nun wirklich nicht der richtige Zeitpunkt dafür.

Am Arbeitstisch vor dem Fenster türmten sich Papiere, Ordner und Schachteln. Jedoch nicht in dem scheinbar heillosen Durcheinander, sondern in einer gewissen, nur für den dort Tätigen erkennbaren Ordnung. Den Raum erfüllte Tabaksgeruch. Anscheinend war Professor Burghard einer Zigarre oder Pfeife in ruhigen Stunden nicht abgeneigt. Doch dieser Geruch machte es nicht, dass hier dicke Luft herrschte!

Der Chef mit seinem verbissenem Mopsgesicht stand mit der Haushälterin Terezija Cesscovic sichtlich im Clinch. Und auch deren dunkle Augen funkelten gefährlich.

Soviel Waldner mitbekam, stellte sie sich nur so, als ob sie Zauners Fragen nicht verstünde. Er war gezwungen, die Sätze umzubilden, wiederholt andere und einfachere Wörter zu wählen. Das reizte ihn maßlos, da er ihre Absicht merkte und nichts dagegen tun konnte. Terezija schien außerdem nicht gewillt zu sein, etwas anderes als „Ja“ und „Nein“ zu sagen.

Zauner war nahe daran, seine Beherrschung zu verlieren. Die Stimmung war unheilvoll.

Waldner versuchte ihn etwas abzulenken, indem er ihm von seinen bisherigen Ermittlungen berichtete. Dazu zogen sie sich etwas zurück. Anschließend erbot er sich, die Vernehmung der Haushälterin fortzusetzen. Er machte Zauner auf die so genannte Giftkammer aufmerksam, in der die Tiere getötet und dann präpariert wurden. Hier stünden viele gefährliche Gifte und Gerätschaften, die man doch genauer begutachten sollte. Martin wusste, dass sein Chef diesem Hinweis unmöglich widerstehen konnte und sofort persönlich mit der Untersuchung beginnen würde. So war es auch. Darauf setzte Waldner die Einvernahme von Terezija fort.

„Wir machen es kurz, damit ich Sie nicht zu lange von Ihrer Arbeit abhalte, Frau Terezija.“ Er hatte ihren Groll besänftigt. Sie war sogar überrascht über die menschlichen Töne des jungen Inspektors.

„Also, was wissen Sie über Maria Unterstrasser? Kam sie oft ins Haus?“ Waldner hatte das Aufnahmegerät, das vor ihm stand, eingeschaltet.

„Na ja, alle zwei Wochen vielleicht. Sie hat gebracht Eier von Bauernhof, Mutter keine Zeit gehabt, geht arbeiten.“

„War sie ein nettes, ordentliches Mädchen?“

„Wie soll ich sagen, vielleicht ein bissel frech, ich glauben so sagt man, aber mutig, nie Angst gehabt, auch nicht vor Milo!“

Waldner hob erstaunt den Kopf.

„Wer ist Milo?“

„Na, der Hund, Frau Aglaia hat doch gehabt großen Hund, war nicht böse, aber viel gebellt und angesprungen. Ist nicht mehr da, ich weiß nicht, fortgelaufen oder tot?“

„Seit wann ist Milo fort?“

„Ach, ich glauben vier, fünf Wochen. Ist immer bei Frau Aglaia gewesen, wenn sie gefahren mit Rad oder gegangen allein in Wald.“ Da stimmt etwas nicht, dachte Martin. Zuerst verschwindet der Hund, dann das Mädchen. Ob da nicht ein Zusammenhang besteht? Und wieder ist Aglaia damit verbunden.

„Hat sich Maria auch manchmal mit Professor Burghard unterhalten?“

„Ich nie gesehen. Professor nur schauen Käfer, Kinder ich glauben lästig für ihn."

„Wie lange arbeiten Sie schon bei der Familie?"

„Vier bis fünf Jahre ich glauben, zuerst in Graz, dann mitgegangen in altes Haus hier. Ich zuerst Angst gehabt, so einsam und Turbine immer Lärm machen."

Da lachte ihr der Inspektor verständnisvoll zu.

„Sind Sie gerne bei der Familie?"

„Sehr gerne, sonst ich nicht mitgegangen. Gute Leute, wie Vater, Mutter und Schwester! Arme Frau, viel weinen um Kind, Mann böse gewesen. Viele Männer böse mit Frauen, mein Mann gut, aber dumm."

„Ach, Sie sind verheiratet?", fragte Martin erstaunt.

„Warum nicht, bin doch gute Frau, oder? Mann nicht da, muss bleiben in Graz, muss sitzen!"

„Was sagen Sie da, warum denn?

„Ich ihm gesagt: Depp du! Von Baustelle mitgenommen für Freund Schaufeln und Hacken. Freund hat kein Geld, muss Wohnung richten für Familie. Er wollen nicht wegnehmen, wieder zurückgeben, wenn fertig. Mir nix gesagt, ich schimpfen."

„Weiß das die Familie Burghard?"

„Freilich, ich viel weinen, sie mich trösten, guter Chef, sehr gute Leute."

„Wann war Maria zuletzt bei Ihnen? Hat sie Ihnen etwas erzählt?"

„Vielleicht drei Wochen aus. Hat immer so viel gefragt und geredet, war zu viel allein. Immer erzählen von Kino und Tanzen, zu früh, ist doch noch Kind."

„War sie viel mit Frau Wieland beisammen?

„Manchmal gesehen auf Bank sitzen und reden."

„Kam sie mit dem Rad, wenn sie Eier brachte?

„Fast immer mit Rad, nach der Schule. Nur wenn kalt, dann sie gegangen."

„Danke, Frau Terezija, einstweilen ist es genug. Vielleicht könnte jetzt Frau Wieland zu mir kommen, wenn sie Zeit hat, oder Frau Burghard." Der Inspektor unterdrückte ein Gähnen, was die aufmerksame Terezija sofort bemerkte.

„Ich Ihnen bringen starken Kaffee, ja, Herr Inspektor?"

Waldner nickte dankbar. Bei mir hat sie jedes Wort verstanden. Zauner reizt sie anscheinend zum Widerspruch, dachte er. Inzwischen hielt er Nachschau, ob sich der Chef schon beruhigt hatte.

„Waldner, das ist ja eine wahre Hexenküche, da gibt es Betäubungsmittel und Gifte in allen Stärken!"

Zauner war begeistert. Professor Burghard, der misstrauisch daneben stand, meinte gelassen:

„Wie stellen Sie sich denn vor, wie ich meine Forschungsobjekte behandeln soll, vielleicht mit Milch oder Brunnenwasser? Fragen Sie bitte nach, am besten gleich im Museum in Linz, ob Chemikalien dabei sind, die ich nicht verwenden dürfte! Spiritus, Cyankalium, Chloroform, Äther und schwefelige Säuren, natürlich brauche ich das alles. Ich weiß auch um die Gefahren. Darum habe ich das Zeugs in dieser Kammer eingesperrt, von der nur ich den Schlüssel habe!"

Nun war Zauner neugierig geworden.

„Wo bewahren Sie den Schlüssel auf?"

„In einer abgesperrten Lade meines Schreibtisches."

„Wer in diesem Haus kennt noch diesen Platz?"

„Niemand, glaube ich."

„Sie glauben das! Ihre Sekretärin hilft Ihnen doch beim Präparieren, soviel ich weiß. Da muss sie doch auch Zugang zu dieser Kammer haben?"

Professor Burghard war diese Frage sichtlich peinlich.

„Ja, manchmal hat sie mir geholfen, aber sie arbeitet nie allein hier, es macht ihr ohnehin keine besondere Freude."

„Es könnte doch sein, dass Sie zum Telefon gerufen werden. Muss sie dann den Raum verlassen, sperren Sie dann ab?"

„Ich kann mich nicht erinnern, jemals während des Hantierens mit Giften die Kammer verlassen zu haben. Das wäre viel zu umständlich Wenn mich da jemand sprechen will, entschuldigt mich meine Frau."

„Haben Sie eine genaue Kontrolle über die Menge Ihrer Gifte?"

„Mein Gott, Sie haben lauter so komische Fragen! Haben Sie denn einen Hinweis, dass das Mädchen vergiftet wurde? Ich führe natürlich genau Buch über meine Einkäufe, aber sonst kontrolliere ich nicht jedes Tröpfchen, das ich verbrauche."

„Also dem gemäß haben Sie keinen Überblick, und jeder, der hier wohnt, hätte die Möglichkeit, das Schlüsselversteck zu finden und Gifte zu entwenden, ohne dass Sie es bemerken würden. Ist das richtig so?"

„Nicht ganz, denn man müsste die Lade aufbrechen oder mit einem Nachschlüssel öffnen. Den einzigen Schlüssel trage ich immer bei mir!"

„Auch in der Nacht, oder wenn sie beispielsweise ein Sonnenbad nehmen?" Jetzt riss Burghard die Geduld. Er nahm mit einer heftigen Bewegung seine Brille ab, als ob er sie auf Zauner schleudern wollte. Sofort aber hatte er sich wieder in der Hand und grinste hinterhältig.

„Auch in der Nacht. Außerdem treibe ich mich nicht nackt herum."

Er musste sich ziemlich ärgern, da er mit den Armen um sich schlug und unentwegt seinen Kopf schüttelte. Zauner wandte sich triumphierend Waldner zu.

„Ich werde mich jetzt auf einen kleinen Imbiss in die Stadt begeben und beim Gendarmerieposten einiges klären. Ihnen überlasse ich einstweilen mit dem Kollegen Moser die alte Mühle samt ‚Inventar'. Passen Sie gut auf und führen Sie die Vernehmungen in meinem Sinne weiter. Vergessen Sie die Sekretärin nicht. Mit so sensiblen, ja übergeschnappten Weibsbildern komme ich nicht zu Rande! Nachher löse ich Sie wieder ab."

Waldner wusste, dass sein Chef den Schweinsbraten im schönen, alten Gasthof von Pupping besonders schätzte und sich die Gelegenheit nicht entgehen ließ, diesen wieder einmal zu genießen. So kehrte wenigstens für einige Zeit Ruhe ein. Martin hatte der Ausdruck „übergeschnappt“ etwas irritiert. Für ihn war Aglaia ein empfindsamer Mensch, der Ungeheures durchgemacht hatte. Dass ihre Nerven nicht die besten waren, das hatte er schon erkannt. Aber war das ein Wunder?

Jetzt freute er sich auf den Kaffee. Der fehlende Schlaf machte sich bemerkbar. Außerdem war er unruhig, da nun gleich Aglaia bei ihm sein würde.

Während des Verhörs mit der Jugoslawin hatten Frau Carla und Aglaia das Essen zubereitet. Nun deckten sie den mächtigen Tisch, den sie seinerzeit in der Waschküche gefunden und sorgsam gereinigt hatten. Er stand nahe der Küche im Halbschatten. Verschiedene, meist derbe Stühle hatten sie zusammengesucht und dazugestellt, was aber den Gesamteindruck nicht störte, im Gegenteil, es machte ihn lebendig.

Professor Burghard war nervös zwinkernd, ohne ein Wort zu verlieren, bei ihnen erschienen. Ein Topf mit duftender Gemüsesuppe stand vor ihm. Er wurde gleich etwas ruhiger. Diese Mischung von jugoslawischer, italienischer und österreichischer Küche schätzte er besonders. Mit größtem Vergnügen rieb er echten Parmesan über die Minestrone. Den hatte er sich extra vom Linzer Markt besorgt. Als Höhepunkt brachte Aglaia eine Schüssel mit Erdbeerknödeln aus Kartoffelteig, gewälzt in knusprig braunen Bröseln. Frau Carla kam mit dem Zuckerstreuer und extra zerlassener Butter für ihren Mann. Sie wusste, dass er in diesem Zustand solche „Extras“ dringend benötigte.

„Das gute Essen haben wir uns heute wahrlich verdient“, meinte er genießerisch und putzte dazu noch vorsorglich seine Brille.

„Du hast dich hübsch gemacht, Aglaia, das freut mich", sagte Tante Carla. Sie warf auch ihrem Mann einen bedeutsamen Blick zu. Doch der war in diesem Augenblick zu beschäftigt, ihn zu bemerken. Aber Aglaia hatte ihn gesehen und errötete.

„Ja, mir war so heiß", murmelte sie verlegen.

„Es wird Sommer, ich glaube Milo kommt nicht mehr zurück, was meinst du?", fragte Onkel Reinhold, während er sich einen weiteren Knödel aus der Schüssel angelte.

Aglaia warf ihm einen erstaunten Blick zu.

„Nein", antwortete sie zurückhaltend, „der wird wohl nicht mehr kommen. Ob wir jemals einen so anhänglichen Hund wieder finden werden, bezweifle ich."

Dann gestand sie ihnen die Geschichte mit dem Fahrrad und zugleich das Wiedersehen mit Martin Waldner. Das war sehr klug von ihr. Diese Überraschung dämpfte Tante Carlas Unbehagen über den gefährlichen Einfall. Sie wusste aus früheren Erzählungen von Aglaias erster Liebe. Nun konnte sie auch das Erwachen einer gewissen Eitelkeit richtig einordnen. Als sie hörte, dass Martin Waldner nicht verheiratet war, trat sogar ein zufriedenes Lächeln auf ihre Lippen.

Da kehrte Terezija sehr vergnügt zu ihnen zurück. Während sie aß, erzählte sie vom Gespräch mit dem netten Inspektor, und auch, dass sie ihm Kaffee gebracht hatte.

„Er sich hat seehr gefreut darüber, er lassen bitten Frau Wieland, wenn Zeit, zu ihm kommen, sonst Frau Burghard."

Da sprang Aglaia nervös auf.

„Nicht fürchten, Frau Aglaia, lieber Mann, schener Mann, nicht frech wie anderer Inspektor und bese wie Chef. Sind alle weg, nur er hier und Polizist in Speisekammer."

„Ha", fuhr Tante Carla auf, „das auch noch, der wird doch nicht mein Eingemachtes öffnen, da muss ich sofort nachschauen."

„Warum soll es dir anders ergehen", brummte Burghard noch immer grollend.

Als Aglaia am Weg zur Einvernahme an einem Spiegel vorbeikam, erschrak sie über ihr verstörtes Gesicht. Mit großer Nervosität betrat sie das Arbeitszimmer. Noch in der Tür, als sie die ausgestellten Fundstücke erblickte, blieb sie kurz stehen und schaute fragend zu Waldner. Auch in seinen Augen lag Überraschung, aber die galt nicht den Gegenständen, sondern ihr. Er stand auf und bat sie Platz zu nehmen. Beide fühlten sich unsicher und verkrampft und wussten nicht recht, wie sie ihre Befangenheit verstecken sollten.

„Bin ich zu früh gekommen?", fragte sie, um irgendetwas zu sagen. Er schüttelte verneinend den Kopf.

„Ich trinke nur schnell den Kaffee, bevor ich beginne, Sie, wie Sie sagten, in die Mangel zu nehmen." Er lächelte dabei aufmunternd.

„Können Sie das überhaupt?"

„Das musste ich lernen, natürlich! Aber es gibt sicher Menschen, bei denen es mir sehr schwer fällt." Er hatte nicht aufgeschaut, als er das sagte.

„Frau Wieland, bei der nun folgenden Aussprache muss ich das Tonband mitlaufen lassen. Ich darf nichts abändern, wenn ich es auch möchte. Sie müssen verstehen, dass ich Ihnen sicher unangenehme Fragen stellen muss. Bitte Aglaia, ganz gleich wie immer, sagen Sie die Wahrheit!" Ein ernster Blick traf sie.

Sie nickte und schaute zu Boden.

„Gut, wir wollen beginnen", und damit drückte er auf die Aufnahmetaste.

„Frau Aglaia Wieland, erzählen Sie Ihre Eindrücke über Maria Unterstrasser." Seine Stimme klang jetzt ganz anders. Sie wiederholte das bereits Gesagte, auch den Fund des Rades.

„Wann haben Sie Maria zuletzt gesehen und wie verhielt sie sich?"

„Ich sah sie vor acht Tagen zum letzten Mal. Sie begleitete mich ein Stück mit dem Rad und schien guter Dinge zu sein, ja, geradezu unternehmungslustig. Sie hatte sich wie eine Erwachsene zurechtgemacht. Auch ihre Fingernägel waren rot lackiert. Als ich sie fragte, was die Lehrer dazu sagen, meinte sie geringschätzig, dass ihr das egal sei. Sie trug ein hautenges T-Shirt und helle Jeans. Fast an jedem Finger steckte ein Ringlein. Kindlich war nichts mehr an ihr. Sie sagte: ‚Ich muss mich beeilen, ich habe noch etwas vor.' Das waren ihre letzten Worte, bevor sie in die Richtung Stadt fuhr."

„Um welche Uhrzeit war das?"

„Ich denke, es wird so um vier Uhr nachmittags gewesen sein."

„War Ihnen das Mädchen lästig?"

„Lästig? Warum? Ich habe Mitleid mit ihr gehabt, weil sie recht einsam gewesen ist, wie ich schon sagte. Sie hat viele gute Eigenschaften, auch kann sie sehr anschmiegsam sein. Ich glaube, es fehlte ihr Geborgenheit. Ich hatte das Gefühl, dass sie ganz gern bei mir gewesen ist. Nur in der letzten Zeit ist sie mir entwachsen. Ob es an mir gelegen ist? Ich glaube eher an ihrer Entwicklung."

„Haben Sie sie nicht hin und wieder mit Ihrer Tochter verglichen?" Der Inspektor schaute sie bei dieser Frage prüfend an. Doch sie hielt ihm stand.

„Sie meinen wohl, ich hätte mich gefragt, warum es das gibt, dass mein geliebtes Mädchen sterben musste und dieses Kind leben durfte?"

„Ja, Frau Wieland, es wäre naheliegend gewesen, meinen Sie nicht?"

Was tut er mir mit dieser Frage an, dachte sie traurig. Wieso weiß er, wie eine traurige Mutter zu denken imstande ist? Leise antwortete sie:

„Ja, Herr Inspektor, solche Gedanken sind möglich, leider, auch wenn man sich dafür schämt und sie von sich weist. Es ist erstaunlich, dass Sie, der Sie doch keine Kinder haben, das nachempfinden können. Aber gerade da ich mein Kind verloren habe, weiß ich auch, was das bedeutet, und könnte wohl einer anderen Mutter solches Leid nie zufügen. Das Leben ist etwas sehr Kostbares für mich geworden." In seinen Augen las Aglaia nun nicht nur Mitleid und Erleichterung. Sie sah darin auch große Zuneigung. Noch immer hielt er ihre Augen mit den seinen fest. Waren sie nicht wieder auf der Zille, allein und unbeschwert?

Doch schnell war der kurze Traum vorbei, die Vernehmung ging weiter.

„Sie hatten einen Hund, was ist mit ihm passiert?"

„Er ist über Nacht verschwunden. Dabei war er so anhänglich, keinen Schritt ist er von mir gewichen. Er fehlt mir sehr."

„Vielleicht wurde er erschossen?"

„Das glaube ich auf keinen Fall, er lief nie aus unserem Garten."

„Hatten Sie Angst, da Sie ihn immer bei sich hatten?"

„Na, ja, so in der Au, allein als Frau, da kann es schon unheimlich sein, so viele Tümpel und das Unterholz."

„Ihre Angst ist also eher allgemein, nicht auf einen bestimmten Menschen gerichtet?"

Sie nickte unsicher.

„Sie sagten, Ihr Hund sei nie weggelaufen. Da hätten Sie ihn doch im Garten finden müssen?" Jetzt hatte er sie gefangen.

Sie begann zu stottern: „Ja, da haben Sie Recht, aber ich – ich habe ihn nicht gefunden."

„Aber jemand anderer?"

„Ist das denn so wichtig, Herr Inspektor, der Hund wird doch nicht gesucht, sondern das Mädchen?"

„Das Schicksal des Hundes könnte das von Maria sein und deshalb muss ich ihm nachspüren. Stört Sie das?"

„Nein, nein, wenn Sie das so sehen, natürlich ...", beeilte sich Aglaia zu sagen.

In diesem Augenblick hörte man draußen erregte Stimmen. Oberinspektor Zauner war zurückgekommen und schon ging der Wirbel wieder los. Er hatte mit Professor Burghard einen heftigen Wortwechsel.

„Mein Kollege ist im Keller auf etwas gestoßen, das wir näher untersuchen müssen, ob es Ihnen passt oder nicht!"

„Das ist ja Einschränkung der persönlichen Freiheit, was Sie da machen", empörte sich Burghard.

„Reden Sie nicht solchen Unsinn, entschuldigen Sie, aber Sie sind in diesem Fall der Hauptverdächtige und trotzdem haben wir Sie noch nicht verhaftet oder Ihre Freiheit eingeschränkt. Sobald unsere Untersuchungen abgeschlossen sind, können Sie im Keller weiterarbeiten und tun und lassen, was Sie wollen, außer na ja, Sie wissen schon!" Man hörte die beruhigende Stimme von Frau Burghard und schon stürmte Zauner hochrot bei der Tür herein. Aha, Rotwein und nachher Kaffee, dachte Waldner. Längst hatte er seinen Apparat abgeschaltet. Er war sich sicher, dass ihm Aglaia etwas verschwieg. Auch vor wem sie Angst hatte, wollte sie nicht preisgeben Aber er würde es noch herausfinden.

Zauners Temperament war nicht zu bremsen.

„Sie sind also fleißig bei der Arbeit, gut so, was Neues?"

„Je nachdem, Frau Terezija habe ich abgeschlossen, mit Frau Wieland bin ich mitten im Gespräch."

„Sie sind also die Sekretärin? Da habe ich auch noch einige Fragen. Ich habe Sie gestern nicht gesehen, wo sind Sie denn gesteckt?"

„Es hat niemand nach mir gerufen, ich war im Garten beschäftigt."

„Sagen Sie, Sie haben oft mit Ihrem Onkel in der Giftkammer gearbeitet und wissen natürlich, wo der Schlüssel versteckt ist?"

„Nein, das weiß ich nicht. Er tat immer sehr geheimnisvoll damit. Er wollte mich auch nie da drinnen allein arbeiten lassen. Ich hatte ihn im Verdacht", nun wurde ihre Stimme zögernd, „er hatte Angst, dass ich in den depressiven Tagen womöglich eine unüberlegte Handlung begehen könnte."

„Sie neigen anscheinend zu, na sagen wir, unüberlegten Handlungen, haben sie oft solche Tiefpunkte?"

„Ja, nach dem Tod meiner Tochter, auch nach dem Attentat auf mich. Seit ich aber nicht mehr in Graz leben muss, fühle ich mich bedeutend besser."

„Sie hatten also keine Gelegenheit, an das Gift heranzukommen?"

„Nein, das sagte ich, weder ich noch sonst jemand. Onkel Reinhold war sich der Gefährlichkeit seiner Gifte durchaus bewusst."

„Aha, nun gut, aber richtig, ich wollte Ihre Unterhaltung nur kurz stören, bitte, Waldner, kommen Sie einen Augenblick mit mir!" Dieser entschuldigte sich bei Aglaia. Beide Männer eilten in den Keller.

Von unten hörte sie aufgeregte Stimmen. Was sie sprachen, verstand sie nicht. Sie ging zur Tür und prallte fast gegen ihren Onkel, der, auf dem Stiegenabsatz stehend, horchte und dabei boshaft lächelte. Als er sie sah, erschrak er und sagte schnell: „Nun, hat er dich schon ausgequetscht?"

„Wie meinst du das? Aber ich sage dir, wenn er wieder von Milo spricht, dann sage ich die Wahrheit."

„Und die wäre?"

„Dass du ihn da unten einbetoniert hast."

Jetzt blieb ihrem Onkel die Luft weg.

„Wieso weißt du das, kannst du hellsehen, du Hexe?"

„Nein, aber ich habe euch schleichen gesehen in der Nacht. Ihr habt es meinetwegen getan, gib es zu."

„Nun ja," brummelte er verlegen, „wir haben uns gedacht, wenn du das arme Tier siehst, wirst du wieder sehr traurig" und er tätschelte ihre Wange.

In diesem Augenblick tauchte Waldner mit ernstem Gesicht in der Krümmung der Kellerstiege auf. Als er die zärtliche Geste des Professors sah, wurde er noch ernster. Sollte Zauner wirklich Recht haben mit seiner Vermutung? Wie die beiden da in traulichem Gespräch beieinander standen, wie zwei Verschwörer!

Ihn, Martin Waldner, konnten sie nicht hinters Licht führen, auch Aglaia nicht. Eine steile Falte stand wieder zwischen seinen Brauen. Da sagte Burghard verlegen:

„Ich muss Ihnen ein Geständnis machen."

„Nicht möglich, da wird sich der Chef aber freuen." Die Antwort Waldners klang kühl.

„Sie nicht, Herr Inspektor?"

Dieser gab keine Antwort und ging mit sturer Miene ins Arbeitszimmer, wohin ihm beide etwas beklommen folgten. Als Waldner sein Gerät einschaltete, fühlte er sich äußerst missgestimmt, fast angeekelt.

Mein Beruf ist mir widerwärtig, dachte er bekümmert. Nur Verbrechen aufklären und Lügner überführen, das kann doch nicht mein ganzes Leben bedeuten. Ich schmeiß den Krempel hin und suche mir einen anderen Job. Vielleicht studiere ich noch in Abendvorlesungen, ich mag nicht mehr. Hätte ich doch nicht auf meinen Vater gehört und immer auf die Familie Rücksicht genommen. Wer dankt es mir heute? Ich höre ihn noch, wie er mir diesen Beruf schmackhaft machen wollte.

„Die Polizei ist es, die den Menschen ein Gefühl der Geborgenheit gibt. Sie sorgt auch für das Recht der Schwächeren." Ja, ja, diese idealistische Einstellung hatte dem Guten außer einem frühen Tod nicht viel eingebracht. So haderte er im Stillen mit dem Vater. Noch immer.

Aglaia schenkte er keinen Blick. Was hätte ich denn tun sollen, ich konnte Onkel Reinhold doch nicht verraten, dachte diese. Warum war denn Martin plötzlich so verstimmt? Es konnte sich doch nur um Milo drehen, was ihn so böse machte. „Nun, ich warte auf Ihr Geständnis."

Wie gleichgültig ihm die Antwort war.

„Es betrifft nicht die Suche nach dem Kind, es ist wegen des Fundes im Keller."

Der Doktor ließ sich Zeit und Waldner zog die Brauen hoch.

Er warf zwischendurch einen schnellen Blick auf Aglaia. Sie machte einen unglücklichen Eindruck. In seinem enttäuschten Zustand fühlte er kein Mitleid.

„Nachdem du zu meiner Verwunderung im Bilde bist, kann ich ja offen reden, meine Liebe."

Waldners Mund presste sich zusammen. Er wurde immer störrischer. Wenn dieser Professor endlich wirklich etwas aussagen würde, dachte er böse.

„Also im Keller liegt eine Leiche, aber es ist die eines Hundes. Milo ist es, der treue Begleiter meiner Nichte. Meine Frau fand das tote Tier in einer Gartenecke. Das Gift muss rasend schnell gewirkt haben. Dass er vergiftet wurde, war uns klar, als wir die Reste einer Wurst und Spuren von Erbrochenem entdeckten.

Wir wollten unsere Nichte schonen, so trug ich den toten Hund in der Dunkelheit in den Keller und legte ihn in eine schon vorhandene Vertiefung. Milo war auf diese Art unauffällig verschwunden und Aglaia konnte noch auf seine Rückkehr hoffen. Da meine Frau neue Stellagen braucht, hatte ich unten Baumaterial gelagert und betonierte den Hund ein. Ich dachte, es sei für immer, aber ich habe mich wieder einmal geirrt."

„So, passiert Ihnen das öfter? Vielleicht haben Sie sich in der Dosis geirrt, als Sie einen Versuch machen wollten, wie schnell ein Hund oder ein Mensch auf ein gewisses Mittel hin stirbt?" Martin merkte, dass er langsam seine Beherrschung verlor. Das passierte ihm äußerst selten. Ich muss mich zurücknehmen und eine Pause einlegen, dachte er.

„Aber bitte, Herr Inspektor, Sie meinen also, ich hätte unseren treuen Hund vergiftet, als Versuchskaninchen für spätere Morde. Halten Sie mich wirklich für einen Dr. Jekyll oder Frankenstein oder wie diese Brüder alle heißen? An und für sich wäre es doch die harmloseste Sache, einen lieben Hund, der im Garten verendet ist, auch dort zu begraben. Ich kenne aber die Vorschrift, auch hätte meine Nichte das frische Grab entdeckt. Können Sie wirklich nicht verstehen, dass man dämliche Dinge tut, um einem anderen Menschen das Herz nicht noch schwerer zu machen?"

Der Professor, der die Krise, in der Martin steckte, erkannte, aber nicht zu deuten wusste, hatte sich bemüht, ruhig zu sprechen.

„So etwas habe ich erwartet", kam nach kurzer Pause die Antwort. Waldner wandte sich nun an Aglaia:

„Warum haben Sie mir das nicht gleich gesagt, statt um den Brei herumzureden und die Unwissende zu spielen, sogar zu lügen!"

Er hatte seiner Enttäuschung Luft gemacht. Jetzt sagte der Professor schnell:

„Sie wollte mich schonen, Herr Inspektor, obwohl sie es durchschaut hatte, sagte sie auch zu mir nichts davon."

„Ich glaube", meinte Waldner schon müde und abgekämpft, „in dieser Familie wird zu viel aufeinander Rücksicht genommen. Im Laufe der Zeit bildet sich ein Gespinst aus ineinander verwobenen Lügen, in dem Sie alle miteinander hängen bleiben werden."

„Sie könnten Recht haben", stimmte ihm Burghard kleinlaut zu. Er fand diesen jungen Mann äußerst vernünftig.

Aglaia versuchte, ihre Verwandten zu entschuldigen:

„Die Schuld an allen diesen Verwicklungen liegt bei mir, Herr Inspektor. Meine Verwandten, die mich liebevoll in einer verzweifelten Situation aufnahmen, haben sich dadurch nur Schwierigkeiten eingehandelt. Bitte kreiden Sie alles, was aus Rücksicht auf mich geschehen ist, nicht ihnen, sondern nur mir an." Sie rang um eine mutige Haltung, doch ihre verkrampften Hände verrieten ihren verzweifelten Zustand.

„Reg dich nicht auf mein Kind, wir halten das aus. Ich glaube, der Herr Inspektor meint es gut mit uns."

Ein überraschter Blick Waldners traf ihn.

„Haben Sie sich nicht gefragt, wer Interesse am Tod des Hundes haben könnte? Ich meine, so einfach willkürlich vergiftet man doch nicht ein gut erzogenes Tier? Er hat doch für Ihren Schutz gesorgt, Frau Wieland?"

Burghard schwieg und wich seinem Blick aus. Der weiß es, aber warum will er es nicht sagen, ärgerte sich Martin.

„Ich habe nicht gewusst, dass er vergiftet wurde. Das habe ich gerade jetzt erfahren. Er hätte doch auch aus anderen Gründen verenden können."

„Du solltest einmal offen mit dem Herrn Inspektor reden, dann entstünden nicht solche Missverständnisse. Wissen Sie, es hängt nicht mit Maria zusammen, es führt weiter zurück in die Vergangenheit. Meine Nichte ist noch immer darinnen gefangen. Haben Sie noch Fragen an mich? Sonst gehe ich in den tiefen Keller, um auch dort meine Schandtaten zu verkünden!"

Damit ließ er die zwei allein.

Während dieses Gesprächs hatten sie aus dem Keller ein Hämmern und Poltern gehört. Nun war es plötzlich still. Auch im Arbeitszimmer. Martin blickte mit müden Augen auf die Fotos, die vor ihm auf dem Schreibtisch standen. Auch ein Bild mit Aglaia war dabei. Noch aus den Tagen, da ihre Tochter gelebt hatte. Beide lachten ihm mit Frau Burghard entgegen. Doch etwas schien mit Aglaia schon geschehen zu sein, es fehlte in ihrem Blick bereits die Lebensfreude.

Sie hörten polternde Schritte und Zauner „Unerhört!" rufen. Schon stand er fauchend vor ihnen.

„Schauen Sie sich die Schweinerei da unten an, Kollege, wir brauchen Schutzhandschuhe und Gasmasken! Wissen Sie, was hier einbetoniert wurde?"

„Ja", antwortete Martin, „ein vergifteter Hund!"

Mit einem zynischen Lachen zog sich Zauner zurück.

„Frau Wieland, wieso wussten Sie nun doch von dieser Hundetragödie?"

„Ich habe eines Nachts von meinem Fenster aus eine ungewohnte Unruhe im Garten bemerkt, auch den Transport des Tieres in den Keller. Ich war sehr unglücklich, denn Milo war mir ans Herz gewachsen. Ich durchschaute die Beweggründe meiner Verwandten, darum wollte ich auch darüber schweigen. Am Morgen schlich ich in den Keller, da war das Loch, das mein Vater schon vor siebzehn Jahren benützt hatte, um unsere Getränke kühl zu halten, unter frischem Beton verschwunden.

Ich hätte es Ihnen nicht verheimlichen dürfen, aber gelogen habe ich nicht, Herr Inspektor. Dass der arme Milo noch bestraft wurde und seiner Treue wegen leiden musste, das schmerzt mich am meisten. Wer kann das getan haben?"

Waldner spürte in ihrem Misstrauen, dass sie dabei an jemand Bestimmten dachte.

„Erzählen Sie mir doch einmal von Ihrem ehemaligen Mann, von Philipp Ehrenhausen, so hieß er doch?"

Aglaia erschrak. „Wieso kommen Sie auf den?"

„Er war es doch, der Ihr Leben so verändert hat, oder nicht? Woher kannten Sie ihn denn?"

„Er war wie mein Vater Angestellter in der Glasmanufaktur. Mein Vater war ein Jahr vorher unerwartet gestorben, ich hatte mein Studium auf der Kunstakademie noch nicht abgeschlossen und erwartete ein Kind. Er hatte mich schon lange umworben. Nun gab ich seinem Drängen nach und heiratete ihn."

„Sie waren aber nicht glücklich, von Anfang an?"

„Hätte ich mich sonst nach so kurzer Zeit scheiden lassen?"

Eine verlegene Pause war entstanden. Zögernd fragte Martin:

„Das Kind, Susanna, war das von ihm?"

„Um Gottes Willen, nein", sagte sie rasch, „Susannas Vater war ein Studienkollege von mir. Er ist bei einer Extrembergtour in der Schweiz abgestürzt, bevor ich ihm von meiner Schwangerschaft erzählen konnte."

„Ich frage nicht aus persönlicher Neugierde, aber auch Ihr

Onkel hat das bestätigt, was ich schon die ganze Zeit empfinde: Entscheidende Ereignisse aus Ihren Jahren in Graz wirken noch bis heute nach, habe ich Recht?" Endlich kam die Antwort, auf die Waldner die längste Zeit hingearbeitet hatte:

„Wenn Ehrenhausen frei wäre, könnte ich zustimmen. Aber so sind es doch nur Hirngespinste, hysterische Einbildungen, denen ich nicht glauben darf, wenn ich nicht wahnsinnig werden will."

Der Inspektor schaute sie nach diesem gequälten Ausbruch betroffen an.

„Wusste er, dass Sie ein Kind erwarten?"

„Natürlich sagte ich ihm die Wahrheit. Es schien ihm merkwürdigerweise sehr recht zu sein. Hier hätte ich aufmerksam werden müssen."

„Aber es spricht für seine Großzügigkeit und seine tiefe Liebe zu Ihnen, Aglaia." Wie er sich bemühte, Ehrenhausen gerecht zu werden. Sie schüttelte müde den Kopf.

„Nein, Herr Inspektor, Außenstehende meinten das auch so. Doch ich erkannte allzu bald die wahren Gründe. Die, die ihn näher kennen lernten, wussten, dass er krank war, psychisch krank. Ein Außenseiter war er immer gewesen, aber seine Depressionen steigerten sich mehr und mehr. Ich versuchte, ihm zu helfen. Es gelang mir oft, ihn aus seinem Tief, natürlich auch mit Hilfe von Medikamenten, herauszuholen. Anfangs suchte er auch noch Ärzte auf. Da war er dann wieder einige Zeit ausgeglichener, sogar gut gelaunt und lenkbar, dann wieder entsetzlich verzweifelt. Dazu kam, dass ihm immer mehr die Gefühle für Zuneigung oder Rücksichtnahme verloren gingen. In seinen negativen Phasen wurde er zum grausamen Sadisten und brauchte Objekte zum Quälen und Zerstören.

Das Mitleid, das ich anfangs und teilweise immer wieder empfand, erstickte im Selbsterhaltungstrieb. Solange er nur mich quälte, ertrug ich es. Doch an meinem Kind lebte er seinen Sadismus erst richtig aus, denn es konnte sich nicht wehren. Ich durfte ihn keine Minute mehr mit dem Baby allein lassen. Nach seinen Behandlungen in der Klinik war er zeitweise einsichtig. Doch seine krankhafte Eifersucht ging so weit, dass alles, was ich gern hatte, Mensch, Tier oder Pflanze, meine Zuneigung büßen musste. Ich lernte, vor ihm meine Gefühle zu verbergen, zumindest die liebevollen! Meine Mutter hütete das Kind in meiner Abwesenheit. Sie machte sich schwere Vorwürfe, weil sie mir mehr oder weniger diesen Mann als Ideal eines treuen Beschützers eingeredet hatte."

Waldner starrte sie an. Seine Müdigkeit war verflogen.

„Wie lange ertrugen Sie dieses Leben?"

„Drei lange Jahre, Herr Inspektor. Die Burghards und vor allem meine Mutter setzten sich für eine Trennung ein. Ich hatte nicht mehr die Kraft und auch nicht mehr den Mut dazu. Der Bruder Tante Carlas, Onkel Theo, führte die Scheidung durch. Philipp drohte, sich an mir zu rächen. Sein Hass war damals grenzenlos."

„Haben Sie ein Foto von ihm? Es würde mich interessieren."

„Ich bin mir nicht sicher, aber es könnte sein."

„Könnten Sie es mir noch bringen, bevor ich das Haus verlasse? Auch mit Ihrer Tante möchte ich noch kurz sprechen."

„Sie gehen schon?", fragte Aglaia enttäuscht.

„Ich nehme an, Sie sind froh darüber."

„Ich sollte froh sein? Nein, im Gegenteil, ich fühle mich geborgen bei Ihnen, sogar wenn Sie auf mich böse sind, spüren Sie das nicht? Wenn Sie jetzt wirklich wegfahren, dann muss ich Ihnen vorher noch etwas gestehen, was mich sehr bedrückt!"

„Was ist es denn, hängt es mit Marias Rad zusammen?" Ihre Blicke kreuzten sich. Also hat er mich doch durchschaut, dachte Aglaia.

„Ja, aber ich suche zuerst das Foto und sage Tante Carla Bescheid." Damit verließ sie fast überstürzt das Arbeitszimmer.

Auch Waldner ging kurz ins Freie, um Sauerstoff zu tanken.

Das war eine üble Geschichte, in die Aglaia da geraten war, falls alles so stimmte, wie sie es erzählte. Aber warum sollte sie lügen? Dachte er schon wie sein Chef?

„Von Gefühlen darf man sich in diesem Beruf nicht leiten lassen, merkt euch das, besonders bei Frauen, die verdächtigt werden." So belehrte er des Öfteren seine Untergebenen. Das Letztere mit einem Seitenblick auf Inspektor Grafenauer. Anscheinend hatte es da schon Schwierigkeiten gegeben.

Als Martin Waldner in das Arbeitszimmer zurückkehrte, erwartete ihn bereits Frau Burghard. Sie blickte ihm lächelnd entgegen. Die beiden verstanden sich. Er fand sie geradlinig, humorvoll, ja sympathisch. Ihre Antworten kamen ohne Umschweife. Sie sprachen vom Garten, dann über den braven Hund und die Stelle, wo sie ihn tot aufgefunden hatte. Es war ihre Idee gewesen, ihn im Keller, natürlich Aglaia zuliebe, zu vergraben.

Nun kam sie auf Maria Unterstrasser:

„Das Mädchen war zu viel allein für ihr Alter. Man konnte förmlich sehen, wie sie von Tag zu Tag erwachsener wurde. Sie war schon zu wissend, Sie verstehen, wie ich das meine. Ihre Augen waren fordernd, ich will fast sagen keck! Meinem Gefühl nach hatte sie schon Beziehungen zu jungen Männern. Ob sie oft bei uns war? Höchstens alle vierzehn Tage, immer dann, wenn wir wieder Eier brauchten. Mich störte ihre Neugierde ein bisschen."

„Wie äußerte sich diese?"

„Dass sie die Sammlungen meines Mannes interessierten, kann ich verstehen. Aber ich mag nicht, wenn jemand ungebeten meine Wohnung durchstreift. Mögen Sie das?"

„Das steht nicht zur Debatte, aber ich möchte das auch nicht."

„Mit Ihnen kann man gut sprechen, Herr Inspektor Waldner. Ich habe gehört, Sie kennen Aglaia von früher, als junges Mädchen. Wie war sie denn da, ich habe sie erst als verheiratete Frau kennen gelernt."

„Ich habe gehört, Ihr Bruder sei ein ganz ausgezeichneter Rechtsanwalt. Soviel ich sehe, sind Sie ihm sehr ähnlich. Sie vergessen, dass ich es bin, der Fragen stellen muss", lachte er. Verlegen klimperte Frau Burghard mit den Lidern. Aber da Martin gerne über Aglaia sprach, erfüllte er ihr diesen Wunsch.

„Sie war ein wunderschönes Mädchen, strahlend vor Lebensfreude, ein wenig verträumt, scheu und sensibel, elternbezogen und behütet. Ein einziges Mal machte sie mit mir eine Bootsfahrt auf der Aschach. Ich habe nie wieder ein so wissbegieriges Mädchen kennen gelernt. Alles wollte sie wissen, von den Gewässern, den Tieren, die wir sahen, und den Pflanzen. Sie machte einen mutigen Eindruck auf mich und ich fand sie sehr hilfsbereit." Waldner hatte sich bemüht, sachlich über ihre Begegnung zu sprechen. Es war trotzdem so viel von seiner Bewunderung eingeflossen, dass ihn Frau Carla durchschaute.

„Sie müssen sich gegenseitig sehr beeindruckt haben, weil Aglaia immer wieder davon erzählte. Konnten Sie denn alle ihre Fragen beantworten?"

„So ungefähr, ich verbrachte meine Kindheit und Jugendzeit zwischen Aschach und Donau."

„Wie schön! Aber wie schlimm, was dieser Mann aus dem heiteren Wesen gemacht hat. Es war der größte Fehler ihres Lebens, ihn zu heiraten. Ich verstand nie, dass ihre Mutter nicht schon vorher seine Krankheit erkannt hatte. Sie hat so viele Begabungen, doch sie ist noch immer verstört. Die verschwundene Maria bringt sie wieder aus dem Gleichgewicht. Als ob das ihre Aufgabe gewesen wäre, auf das frühreife Ding aufzupassen."

„Haben Sie hier irgendwelche Feinde?"

„Nicht dass ich wüsste! Unsere Nachbarn sind nett und auch alle andern Leute im Dorf."

„Hat Maria auch Ihrem Mann nachspioniert?"

„So kann man das nicht nennen, sie war nur anfangs wie auch die anderen Kinder neugierig, wenn er auf „Pirsch" war. Da brachte sie ihm auch hin und wieder Käfer, wenn sie Geld für ihre Vergnügungen brauchte."

„Wann haben Sie Maria zuletzt gesehen?"

„In Eferding am Stadtplatz. Sie stand da, ausgehbereit, hübsch gekleidet und geschminkt, so, als ob sie auf jemanden warten würde. Es hätte auch nur der Bus sein können."

„An welchem Tag war das, trug sie einen Koffer oder eine Tasche mit sich?"

„Es war letzten Dienstag, nachmittags. Ein größeres Gepäckstück sah ich nicht. Sie könnte es auch hinter sich abgestellt haben."

„Wann sind Ihre Gäste aus Graz angekommen? Sind Sie schon länger mit ihnen bekannt?"

„Sie sind einen Tag nach Marias Verschwinden eingetroffen. Er ist ein junger Kollege meines Mannes, seine Frau ist Botanikerin. Beide sind Idealisten und Umweltschützer. Ich glaube, er schreibt eine Arbeit über die Veränderungen in der Natur seit dem Kraftwerksbau. Positive und negative, denn es gibt beides. Die Kleidung ist sicher von ihrer Tochter. Sie ist im Internat, wahrscheinlich ist es Schmutzwäsche."

„Was mir Sorgen macht, Sie sehen, ich bin ganz offen Ihnen gegenüber, ist die Sache mit dem Rad! Aber so ist Aglaia, man müsste sie wie ein Kind vor unüberlegten Handlungen schützen. Da läuft sie heimlich aus dem Haus und wirft das Rad vor lauter Angst ins Wasser, nur weil sie ein Rascheln hört und Zigarettenrauch in der Luft liegt. Das Dümmste war natürlich, dass sie es zuerst in den Schuppen gestellt hat."

„Auch mir sagte sie das; warum fürchtet sie sich vor Rauch?" –

„Ihr Mann war Kettenraucher. Er hat absichtlich den Rauch seiner Zigaretten dem Baby ins Gesicht geblasen. Das arme Wesen musste den Qualm einatmen. Sicher erinnerte sie der Rauch an ihn."

„Warum ist der Mann Ihrer Haushaltshilfe eingesperrt?"

„Weil der Dummkopf einige Geräte seiner Firma für einen Freund mitgehen hat lassen. Das allein wäre nicht so schlimm gewesen, aber er hat sich der Festnahme widersetzt und dabei einen Gendarmen verletzt. Ich glaube, er wird bald entlassen." Es klopfte und Aglaia trat ein. Sie entschuldigte sich:

„Es hat länger gedauert, aber ich habe doch noch ein Foto gefunden, auch von Susanna."

Frau Burghards Gesicht bekam einen aufmerksamen Ausdruck. Sie bemerkte alles, Aglaias Unsicherheit und Nervosität, aber auch des Inspektors Befangenheit. Beide spürten die beobachtenden Augen und wurden umso verkrampfter. Da hatte Frau Burghard Mitleid und verließ wie vorhin ihr Mann den Raum mit der Frage:

„Ist es Bestechung, wenn ich Ihnen jetzt eine kleine Jause bringe?"

„Das wäre herrlich, besten Dank!", sagte Martin erfreut. Zuerst betrachtete er Philipps Foto. Ein hübsches, ein wenig einfältig lächelndes Gesicht, blondes Haar, blaue Augen, harmlos wie Vergissmeinnicht in Milch. Doch um den Mund, da lag ein grausamer Zug.

„Darf ich es einstweilen behalten?"

„Natürlich, ich bin froh, es nicht mehr sehen zu müssen." Als sie ihm das nächste Bild reichte, lag in dieser Geste schon so viel Liebe, dass es geradezu rührend war. Ein liebes kleines Mädchen schaute ihm entgegen, mit einem blonden Lockenkopf und den wunderschönen dunkelblauen Augen seiner Mutter. Doch der Blick war zu ernst für ein Kind, voll Angst schaute es in die Kamera.

„Hat Ihr ehemaliger Mann das Bild gemacht?"

„Ja, wieso fragen Sie?"

„Weil Ihre entzückende Tochter schreckliche Angst hatte, vor dem Fotografen, genau so wie Sie, Aglaia." Sie schaute erschrocken auf und geradewegs in seine Augen.

„Ja", nickte sie. Da brachte Terezija ein Tablett mit Stärkungen für Martin.

„Sie wollten mir noch etwas sagen, Frau Wieland?"

Sie saß mit um Verständnis bittenden Augen vor ihm. Martin war ernst, aber die Falte zwischen den Brauen hatte sich noch nicht gebildet. Als sie bemerkte, dass er das Gerät ausgeschaltet hatte, fühlte sie sich erleichtert.

„Herr Inspektor, als ich Ihnen heute sagte, dass ich das Fahrrad für das meiner Tochter hielt und deshalb in das Gartenhaus trug, entsprach das nicht ganz der Wahrheit.

Vorgestern, als der Anruf kam, es laufe eine anonyme Anzeige gegen Onkel Reinhold, am Tode Marias schuld zu sein, bin ich empört und höchst aufgeregt aus dem Haus gegangen. Ich wollte meinen Lieblingsplatz, die kleine Bank, aufsuchen. Dass es „die Sonne an den Tag brachte", als sie mit ihren Strahlen das Rücklicht aufblinken ließ, habe ich schon erwähnt. Ich erkannte Marias Rad, das dem meiner Tochter aufs Haar glich.

Nun überkam mich panische Angst! Womöglich war doch mein Onkel mitschuldig an Marias Verschwinden und hatte hier ihr Rad versteckt? Wer kennt einen Menschen wirklich durch und durch? Ich habe in meinem Leben so viel Abnormales erlebt, das in Jedem von uns verborgen lauern kann, dass ich nicht mehr so gutgläubig bin. Man würde das Rad suchen und dann hier in unserer Nähe finden. In meiner Angst zerrte ich es unbedacht aus dem Graben und schleppte es heim zum Gerümpel. Ich wollte meinem Onkel helfen, glauben Sie mir das, Herr Inspektor! Heute Nacht wurde mir erst bewusst, wie unsinnig ich gehandelt hatte. Ärgeres hätte ich nicht mehr anstellen können, ich weiß es. Was würde Tante Carla und erst der arme Onkel denken, dass ich ihn eines Verbrechens für fähig hielt?

Es war unheimlich in dieser Nacht. Ich war so allein und war es doch nicht, denn überall wähnte ich Augen, die mich beobachteten. Schon als ich aus der Tür trat, war mir, als läge ein

Boot unter den Efeuranken am sonst immer freien Ufer. Als ich aber am Weg zur Hütte ein Rascheln neben mir hörte, als folge mir jemand heimlich und dann noch der Rauch von Philipps Zigarettensorte in der Luft lag, verlor ich endgültig die Nerven. Auch Hut und Mantel von Onkel Reinhold halfen mir da nicht mehr. Ich warf das Rad ins Wasser und floh zurück ins Haus. Ohne die Türen abzuschließen lief ich in mein Zimmer und konnte erst in den Morgenstunden einschlafen."

Aglaia konnte nicht erkennen, was in Martin Waldner vorging. Er hatte die Augen abgewandt, als er sie fragte, ob sie das alles auf sich genommen und verschwiegen habe, auch den Hund im Keller, weil sie, wie es hieß, mit ihrem Chef in intimer Beziehung stehe.

Aglaia glaubte nicht richtig zu hören. Sie blickte entgeistert zu ihm hin. Alles andere hätte sie erwartet, nur das nicht.

Er hatte die Brauen wieder zusammengezogen, schaute sie aber noch immer nicht an. Nur sein Kugelschreiber zwischen Daumen und Zeigefinger fing zu tanzen an. Das Schweigen wurde fast unerträglich. Erst als Martin endlich den Blick hob, war Aglaia bereit, sich zu verteidigen.

„Herr Inspektor Waldner, ich hätte nicht gedacht, dass auch Sie diese sensationsgierige Meldung eines Schmierblattes für wahr halten könnten! Bedenken Sie bitte zuerst, was dieser Mann, nicht nur Chef, vor allem mein Onkel, für mich getan hat. Nicht nur, dass er mir das Leben rettete und seines dabei riskierte. Er hat auch seine Stellung und seinen Ruf verloren. Aber nicht, weil er als Belohnung mit mir schlafen durfte. Aus reinem Mitleid, ja, so etwas gibt es auch noch! Mein Kind und mich hatten diese guten Menschen schon vor meiner Scheidung bei sich aufgenommen. Er hat mir Arbeit gegeben, um leben zu können. Seit dem Tod von Susanna bin ich wie ein Kind der beiden. Sie versuchen mir immer wieder Mut zu machen, um meinen Kummer zu überwinden.

Was kann man anderes für solche Menschen empfinden, als tiefe, tiefe Dankbarkeit? Ist denn dieses Gefühl den heutigen Menschen abhanden gekommen? Dankbarkeit, welch altmodisches Wort! Wie griffig dagegen Sex klingt, allen verständlich und fühlbar. Sex ist der geheime Drahtzieher an sämtlichen Geschehnissen. Damit ist alles erklärt. Man hat die bequemste und obendrein prickelndste Lösung in der Hand. Ich glaube, dass andere Motive ganz bewusst verdrängt werden. Einem Menschen dankbar zu sein, bringt auch Verpflichtungen mit sich. Davon will man frei sein.

Nein, Herr Inspektor, die Nichte ist nicht mit dem Onkel ins Bett gegangen, sie ist ihm nur unendlich dankbar für seine bewundernswerte Hilfestellung!"

Aglaia hatte sich in ihre Aussagen leidenschaftlich hineingesteigert, ihre Wangen glühten.

Martin starrte sie sprachlos an. Diese Aglaia war ihm neu. Nicht mehr das scheue Mädchen, eine Frau mit einer unbeirrbaren, eigenwilligen Einstellung saß vor ihm. Die Angeklagte hatte sich in eine Klägerin verwandelt.

Es war still geworden zwischen ihnen. Der Kugelschreiber in Martins Hand überschlug sich bereits. Aglaia hatte den Kopf in den Nacken geworfen und schaute über ihn hinweg. Da bemerkte sie am Fenster einen Schmetterling, der verzweifelt einen Ausweg zur Sonne suchte. Spontan wie immer sprang sie auf, um ihm zu helfen. Doch es gelang ihr nicht.

Martin Waldner, der noch immer betroffen beim Schreibtisch saß, hörte sie plötzlich sagen:

„Martin, es ist zwar kein Landkärtchen, nur ein Zitronenfalter, aber er will auch leben! Hilfst du mir, ihn zu befreien?"

Er wusste nicht, warum er es tat, aber wie unter einem Zwang stand er tatsächlich auf und behutsam bemühten sie sich, dem Falter wieder seine Freiheit zu geben. Dabei berührten sich ihre Hände.

„Danke", sagte sie und schaute dem glücklichen Schmetterling nach. Martin hatte ihre Hände festgehalten. Als Aglaia sie ihm entziehen wollte, sagte er bedrückt:

„Bitte, Aglaia, sei mir nicht bös, ich war sehr taktlos!"

„Warum ist die Polizei interessiert daran, ist es von so großer Bedeutung?"

„Für die Polizei nicht, nein, absolut nicht."

„Aber für wen dann, Herr Inspektor?"

Sie standen vor dem offenen Fenster. Die warme Luft drang zu ihnen herein. Sie trug den ganzen Duft der Sommerwiesen mit sich und löschte alle Sorgen, die ihre Herzen schwer machten. Nur das Gurren der Wildtauben und das Rauschen des Wassers am Wehr waren zu hören. Allein waren sie, auf der Zille, das Schilf schützte sie und ihre wiedergefundene Liebe.

Die Müdigkeit durch die schlaflose Nacht ging über in eine sanfte Trägheit. Diese ließ es nicht zu, sich gegen Gefühle zu wehren. Martin sah nur mehr Aglaias Mund vor sich. Das Verlangen, zu wissen, ob seine Empfindung, wenn er sie küsste, wieder so wäre wie damals, wurde übermächtig. Er tat nun langsam, fast wie in Trance, das, was für einen Polizisten das Dümmste war zu tun. Er zog sie zu sich heran und murmelte:

„Für mich, Aglaia, für mich ist es so wichtig!"

Ihr „Warum?" wurde in seinem leidenschaftlichen Kuss erstickt. Zur Überraschung fühlte er, dass dieser Kuss die damaligen seligsten Gefühle in hohem Maß überflügelte. Es war so schön, sie zu küssen, dass er nicht mehr aufhören konnte. So, als ob er siebzehn verlorene Jahre nachholen wollte.

Seine Liebe gab Aglaia Lebensfreude und Selbstvertrauen zurück. Das spürte auch der Oberinspektor, der sie beinahe überraschte und sie in die Wirklichkeit zurückholte. Die sensible Aglaia spürte sein Nahen und löste sich rechtzeitig aus Martins Armen. Wie gut war es doch, dass der temperamentvolle Oberinspektor überall, wohin er trat, Lärm verursachte. Wie hätte er wohl gestaunt, wenn er eingetreten wäre und sein bester Mitarbeiter hätte die Mordverdächtige zärtlich in seinen Armen gehalten. Sie schonungslos zu vernehmen wäre seine Pflicht gewesen. Er wunderte sich zwar, dass sie am Fenster standen, aber immerhin sprachen sie von jener Stelle, wo man den armen Milo gefunden hatte.

Doch so feinfühlig war auch er, dass er merkte, hier liege noch etwas anderes im Raum. Die weiteren Verhandlungen übernahm nun er. Waldner forderte er auf, eine Pause einzulegen. Dann aber sollte er bei den Eltern und Freunden Marias ermitteln.

Zauner hatte sich etwas beruhigt und alle Tatorte persönlich aufgesucht, den Garten, den Schuppen, den Fundort des Rades. Anschließend verfolgte er weitere Spuren und drang bis in Terezijas Zimmer vor. Das zeigte von seinem Mut, seinem Pflichtbewusstsein und einer Portion Rachsucht. Doch er war auf nichts Neues gestoßen. So hatte er Lust auf eine kleine Unterhaltung mit der hübschen Frau Wieland bekommen.

Waldner hatte kein gutes Gefühl, als er die beiden verließ. Er hoffte, dass Aglaia über das absichtliche Verstecken des Rades vor Zauner schwieg. Wenn der Professor tatsächlich etwas angestellt hatte, dann saß sie ganz schön in der Patsche. Er hätte sie warnen sollen. Dieser Gedanke erschreckte ihn maßlos. Er, der korrekte Beamte, vergisst über den Kuss einer verführerischen Frau seine Pflicht? Aber es war doch nicht irgendeine Frau, es war seine Aglaia. Niemand sollte ihn noch einmal zurückhalten, sie zu lieben. Wenn es sein musste, würde er sich einen anderen Job suchen, dessen war er sich sicher!

Während dieser Gedanken ging er mit federnden Schritten zum Auto. Er sah weder Terezija, die den Vorplatz säuberte, noch Frau Carla, die in ihren üppigen Rabatten beschäftigt war. Sie stützte die prachtvollen Hortensien mit Stöckchen ab. Die großen Blütenköpfe sollten vom nächsten schweren Regen nicht geknickt werden. Er bemerkte auch nicht Grafenauer, der den Fundort des Hundes innerhalb und außerhalb der Hecken fotografierte.

Als Frau Carla Martins Gesichtsausdruck erspähte, wurde sie ernst. Die Sorge um Aglaia brachte sie auf die Idee, Erkundigungen über Martin Waldner einzuholen. Aglaia durfte nicht noch einmal einen Irrtum begehen.

Sie hörte, wie Grafenauer Waldner eine boshafte Bemerkung zurief. Es ging irgendwie um schöne Frauen. Waldner reagierte überhaupt nicht. Er stieg ins Auto und fuhr ohne Erwiderung fort.

Frau Burghard trug sich nun an, Inspektor Grafenauer behilflich zu sein. Sie brachte ihm eine Schüssel mit frischen Erdbeeren und fragte ihn, ob er vielleicht etwas Schlagobers dazu wolle. Dieser war höchst erstaunt, wohl aber zu naiv, die wahre Absicht, die sich hinter dieser Freundlichkeit verbarg, zu erkennen. Im Nu waren sie in einem sehr privaten Gespräch und Frau Burghard hatte unauffällig alles über ihn, vor allem aber über Waldner, herausbekommen. Was sie hörte, beruhigte sie.

Auch auf Inspektor Grafenauer warteten noch andere Pflichten. Er sollte den Schuldirektor und die Lehrer der Abgängigen einvernehmen; zuletzt verschiedene Gastarbeiter und deren Arbeitgeber ausfindig machen und bei ihnen ermitteln. Hier im Gemüseland waren viele Saisonarbeiter beschäftigt, die meist auf den Feldern arbeiteten. Auch ihre Beobachtungen konnten wichtig sein.

Grafenauer hätte es vorgezogen, Frau Wieland zu vernehmen. Natürlich behält sich das der Chef vor, grollte er.

Gedankenversunken fuhr Inspektor Waldner durch die Allee entlang des Mühlbaches. Nach der kleinen Brücke bog er links ab. Das war die Stelle, an der sie sich damals so stürmisch begegnet waren. Ein glückliches Lächeln lag jetzt auf seinem Mund.

Während er an den Spargelfeldern vorbeifuhr, erkannte er, dass sich doch einiges rund um sein Dorf geändert hatte. Spargel hatte man damals, vor siebzehn Jahren, nur in den Gärten gepflanzt. Zu seinem Erstaunen bemerkte er jetzt sogar Artischocken, wie im Süden. Den feldmäßigen Anbau von Paprika und Paradeisern, das wusste er von seinen Eltern, hatten Bulgaren während des zweiten Weltkriegs hier eingeführt. Die berühmten „Eferdinger Essiggurkerl“ wiederum stammten von Flüchtlingen aus Znaim. Es gefiel ihm, dass die Bauern hier so unternehmungsfreudig waren und immer wieder versuchten, auf ihren leichten, sandigen Böden neue Sorten von Gemüse anzupflanzen. So wuchs die Eferdinger Gegend von Jahr zu Jahr in ihrem Ruf als bestes Gemüseland.

Doch jetzt musste er seine Gedanken sammeln, es warteten unangenehme Gespräche auf ihn. Er fuhr schon in den Hof der Familie Unterstrasser ein. Nur der Großvater und die Mutter des Mädchens waren daheim. Der Vater arbeitete noch im Lagerhaus.

„Na, was ist, habt ihr die Mariedl noch immer nicht? Was tuts ihr denn den ganzen Tag, Strafzettel schreiben, was, das ist bequemer.“ Der Alte hatte getrunken und seine aggressive Art zu sprechen kannte Waldner noch von früher.

„Wird schon so sein, Baumgartner, es wär halt vernünftiger gewesen, du hättst auf deine Enkelin besser aufgepasst, statt im Wirtshaus zu sitzen! Wo glaubst du denn, dass sie ist?“

„Was weiß ich, alleweil war sie unterwegs. Ein freches Mensch ist sie obendrein.“

„Von wem sie das wohl gelernt hat, sag einmal, weißt du das auch nicht? Aber jetzt im Ernst, kennst du ihre Freundinnen und Freunde?“

„Natürlich, die Nachbarn, den Gruberbauernandi und seine Schwester, die Sabine. Du bist ja jetzt ein hoher Herr, Martin, darf ich dich überhaupt noch so nennen?“ Sein ehemals nicht unhübsches Gesicht war vom Alkohol gezeichnet. Die verschwommenen Züge und die verquollenen Augen sagten genug aus. Aber es lag noch immer die angeborene Schläue in ihnen.

Martin schätzte diese Art der Unterhaltung gar nicht. Er wusste jedoch, wie er den Mann zu nehmen hatte.

„Ja, der Herr Inspektor, grüß Gott! Mein Schwiegervater meint es nicht bös, Sie kennen ihn ja!" Frau Unterstrasser war zu ihnen getreten. Sie lehnte die Heugabel an die Stallmauer. Ein ihm gut bekannter Geruch nach Kuhstall und Heu kam ihm entgegen. Wie früher, dachte er. Unter ihrem Kopftuch sah er ein erhitztes, sonnenverbranntes Gesicht.

„Ihr seid bei der Heuernte?"

„Ja, wir haben nicht mehr viele Wiesen, gerade Heu genug für unsere zwei Kühe. Die ganze Arbeit zahlt sich fast nimmer aus. Das Beste ist noch, wenn man die überschüssige Milch an Privatleute verkaufen kann. Oder als Topfen und Butter am Bauernmarkt in Eferding. Wissen Sie schon etwas von Maria?" Hoffnungsvoll schaute sie ihn an.

„Wir haben ihr Rad gefunden, es lag versteckt in einem Graben in der Au."

„Ist das nun gut oder schlecht?"

„Das kann ich noch nicht sagen. Aber in der Werkzeugtasche steckte ihr Ausweis und dieser Zettel. Können Sie mir sagen, was der bedeuten soll?" Der Inspektor hatte die Zeichnung und die Eintrittskarte auf den Tisch gelegt, der vor einer Bank neben der Tür stand. Frau Unterstrasser wollte ihn mit ihrer abgearbeiteten Hand glatt streichen, doch Martin hielt sie zurück.

„Ich weiß schon, wegen der Fingerabdrücke, aber das Gekritzel ist sicher nicht von ihr. Sie schreibt sehr ordentlich, das sagen auch die Lehrer. Ich hole die Schultasche. Sie ist nach dem Unterricht nicht mehr heimgekommen. Aber die Tasche hat sie dem Andi mitgegeben, das hat sie manchmal getan."

Also muss sie noch etwas vorgehabt haben, wobei ihr die Schultasche im Weg war, dachte Martin. Er kramte in den Heften, suchte nach einem Block in der Größe des Zettels und unter den Kugelschreibern die eigenartige rote Farbe des Gezeichneten. Es passte gar nichts. Die Kritzelei stammte wahrscheinlich von einer anderen Person.

„Die Eintrittskarte ist sicher vom Kino oder vom Zirkus", meinte die Mutter.

„Ja, ja", fiel der Großvater ein, „die war gern unterwegs, einmal dort und einmal da, nie hat sie genug Geld gehabt, und mich hat sie dann immer angebettelt", brummte er.

„Geh, Vater, ein bisserl eine Freude muss man ihr doch lassen, sie ist ja noch ein Kind." Die Mutter war verlegen.

Der Inspektor wollte nun Marias Zimmer durchsuchen.

„Aber ich habe seit sie fort ist noch nicht geputzt", sagte die Mutter entschuldigend.

„Umso besser für mich", erwiderte Waldner. Das Zimmer zeigte sich muffig und ungelüftet, aber sehr ordentlich. Die Ausgestaltung passte zu den Erzählungen über das Mädchen. Posters mit Popsängern, Filmstars und Sportlern bedeckten die Wände. Glitzernder Tand und Plüschtiere in allen Farben und Scheußlichkeiten lagen herum. Eine Barbiepuppe mit einem Gesicht wie ein zerquetschter Frosch, so fand jedenfalls Martin, thronte in der Mitte. Wie konnte man diese Puppe nur gern haben, wunderte er sich. Die Mutter beobachtete ihn ganz genau, auch sein Mienenspiel. Nun zog er die Lade des Nachtkästchens auf. Lippenstift, Nagellack, Puder, Wimperntusche, alles, was er von Gerda kannte, war hier in Menge vorhanden.

„Für ihr Alter ist die Kleine schon gut ausgestattet", konnte er sich nicht verkneifen zu sagen.

„Meinen Sie, mein Mann sagt das auch, aber die jungen Dinger fangen alle schon so bald mit der Schminkerei an. Es ist halt ihre einzige Freude", wiederholte sie entschuldigend. Martin brummte etwas Unverständliches. Auf dem Tisch lagen Illustrierte von der billigsten Sorte, dazwischen noch zerfledderte Mickymaushefte.

„Liest sie sonst nichts?", fragte er.

„Manchmal schon, aber sie sagt, sie tut lieber fernsehen."

„Aha", war die sarkastische Antwort, während er den Kleiderschrank öffnete.

„So, Frau Unterstrasser, jetzt müssen Sie genau nachschauen, ob etwas von der Kleidung Ihrer Tochter fehlt. Auch bei den Schuhen, der Waschbeutel, Schmuck, Sparbücher, der Ausweis, Taschen, alles ist wichtig. Schreiben Sie das Fehlende genau auf, auch die Farben sind notwendig. Ein Kollege hat zwar schon nachgefragt, da haben Sie gesagt, dass nichts fehle. Aber ich glaube das nicht ganz, Sie müssen sich gewissenhaft dafür Zeit nehmen." Jetzt hatte er Frau Unterstrasser wirklich in Verlegenheit gebracht.

„Diesmal werde ich ganz genau kontrollieren, ich verspreche es Ihnen, Herr Inspektor. Wissen Sie, ich habe immer so viel zu tun."

Nun war Waldners Toleranz aber zu Ende.

„Frau Unterstrasser, ich glaube, Sie werden sich entscheiden müssen, was Sie in Zukunft für wichtiger im Leben halten: sich um Ihre Tochter zu kümmern oder Geld zu verdienen. Natürlich vorausgesetzt, dass wir das Kind noch lebend finden. Sie sehen, dass Ihre Tochter Sie noch braucht, notweniger als den Tand, den Sie ihr aus schlechtem Gewissen schenken. Ihr Mann hat doch eine sichere Stelle, auch die Landwirtschaft bringt einiges, und wenn Sie dem Kind nicht so viel unnützes Zeug kaufen, sparen Sie sich eine Menge Geld." So, dachte er, ich bin schon beinahe wie mein Vater, der hätte auch so geredet.

„Schreiben Sie auf, was Maria am letzten Tag getragen hat. Wenn Sie alles beisammen haben, rufen Sie mich an. Hier haben Sie meine Handynummer und machen Sie sich gleich an die Arbeit. Ihre Tochter wird Ihnen das doch wert sein!" Nachdem sie das wiederholt beteuert hatte, meinte sie:

„Ich habe ja solche Angst, Herr Inspektor, dass sie einem Kinderschänder in die Hand gefallen ist. Es sind so viele fremde Leute bei uns unterwegs, Radfahrer, Autos, Gastarbeiter. Gerade vorgestern habe ich so ein Erlebnis gehabt. Hat sich ein fremder Radlfahrer unter einen Heuschober gelegt. Dann muss er eingeschlafen sein, jedenfalls hat er mit einer Zigarette das trockene Heu angezündet. Na, der ist gesprungen! Ich habe mich schon von weitem gefragt, was denn dort los ist! Seinen Bart hat er sich versengt, und das gönn ich ihm. Eine Wut hab ich auf den Kerl gehabt und geschimpft, da hat er mir hundert Schilling gegeben und gesagt, ich soll es nicht weitererzählen."

Jetzt war der Inspektor neugierig geworden: „Wie hat er denn ausgesehen?"

„Glauben Sie, dass er etwas mit Maria zu tun haben könnte? Einheimischer war er keiner, Ausländer auch nicht. Aber er hat nicht im Dialekt gesprochen. Er sei so schrecklich müde gewesen, weil er eine so weite Strecke gefahren ist, entschuldigte er sich. „Da haben Sie aber Glück gehabt, dass ich Sie nicht mit der Heugabel aufgespießt habe", hab ich lachend gesagt. Komisch hat er mich daraufhin angeschaut. Er hat einen Vollbart gehabt, blond, vom Gesicht hab ich nicht viel gesehen, weil er sofort die Brille und den Sturzhelm aufgesetzt hat. Dabei sind mir seine großen Hände mit einem Siegelring aufgefallen, die haben nicht zu ihm gepasst, er war mehr von kleiner Statur."

„Wo ist er denn hingeradelt, und hat er gesagt, was er vor hat?"

„Nein, der war froh, dass er weggekommen ist. Aber er muss sich auskennen, denn er ist nicht zurück in Richtung Radweg, sondern noch tiefer in die Au hineingefahren."

Nun mischte sich der Großvater ein:

„Seit das Radeln so modern geworden ist, haben wir keine Ruhe mehr. Früher sind halt die Fischer und im Sommer die Badenden vorbeigekommen. Die haben wir alle gekannt. Vielleicht hat sie ein Ausländer verschleppt?"

„Geh, Vater, was du da sagst, aber Hoffnung gibt es schon noch, Herr Inspektor, sie ist doch mein einziges Kind", dabei schluchzte sie auf.

„Freilich, Frau Unterstrasser, aber ganz Unrecht hat der Vater nicht."

Martin seufzte tief, als er über den Hof ging, vorbei an Stall und Scheune. Er musste unbedingt noch mit dem Chef sprechen. Nun wollte er Marias Freunde aufsuchen.

Sie wohnten im Nachbarhaus, gleich nebenan. Auch dort war er bekannt. Der Vater der zwei Kinder, fast gleich alt wie er, war bei seiner Bande gewesen. Andreas, der Sohn, sah ihn kommen und lief herbei.

„Die Eltern sind noch am Acker, Pflanzen setzen", sagte er.

„Dann komm du und hol deine Schwester. Ihr müsst mir erzählen, was ihr von der Maria wisst."

Waldner setzte sich abgespannt auf die Bank unter dem blühenden Lindenbaum. Er genoss den Duft, der sich in der milden Luft so richtig entfalten konnte. Auch der Blick auf das gut instandgehaltene Bauernhaus mit den Blumen am Fenster und in den Trögen rund herum tat ihm wohl. Weiter hinten stand noch die Scheune. Deren silbrig glänzende Bretter gaben den richtigen Hintergrund für den alten Holunderstrauch mit den cremeweißen Blütendolden. Daneben war das Holz zum Trocknen aufgeschlichtet. Im Winter hatten sie es in der Au geschlägert. Vor ihm scharrten Hühner in der Erde und ehe er sich versah, sprang ihm die dreifarbige Hauskatze auf die Knie und machte es sich dort gemütlich.

Da kamen schon die beiden Kinder um die Ecke. Das Mädchen war ein wenig ängstlich.

„Grüß dich, Sabine, ihr braucht keine Angst haben, ich möchte nur gerne, dass ihr mir alles erzählt, was ihr über Maria wisst."

„Ist sie entführt worden?", war die erste Frage des Mädchens.

„Blödsinn", stieß der ältere Bruder hervor, „die und entführt, die hätte doch wie am Spieß geschrieen."

„Wann habt ihr sie denn zuletzt gesehen? Ich weiß, Inspektor Haslehner hat euch schon gefragt, aber ich bin so neugierig, ich will es noch einmal hören." Dabei lächelte er sie freundlich an, streichelte die Katze und bat die Kinder, sich zu ihm zu setzen.

„An dem Tag, an dem sie verschwunden ist, hat sie mir ihre

Schultasche mitgegeben. Ich soll sie dem Großvater bringen, weil sie für die Mutter noch etwas besorgen muss, hat sie gesagt. Einen Nylonsack, einen großen, hat sie in der Hand getragen, schon in der Früh. Ihr Rad ist kaputt gegangen, die Kette ist gerissen, gerade heute, hat sie gejammert. In einem Graben hat sie es liegen lassen. Mich hat sie gestoppt, dass ich sie aufsitzen lasse."

„Wo sie das Rad versteckt hat, hat sie nicht gesagt?"

„Sie hat was von der alten Mühle erzählt", meldete sich Sabine. Nun zeigte ihnen Waldner den Zettel.

„Was sagt ihr dazu, was könnte das bedeuten?"

Das Mädchen schüttelte energisch den Kopf, dass ihre Haare flogen.

„So eine grausliche Farbe und das Geschmier! Ist das von ihr?"

Andi betrachtete die Zeichnung lange. Dann schaute er treuherzig zu Waldner auf und sagte: „Solche Zettel versteckt der Herr Neubauer, unser Klassenvorstand, wenn wir einen Schulausflug machen, bei einer Schnitzeljagd, so nennt er das. Er versteckt sie an verschiedenen Orten und wir müssen von den Zetteln ablesen, wie es weitergeht. Welche Gruppe den versteckten Schatz als erste findet, ist Sieger. Das ist voll lustig."

Waldner grinste erfreut. Andreas war ein findiges Bürschchen und bestätigte seine Vermutung. Sein Vater hatte doch auch immer als erster die feindliche Bande aufgespürt.

„Kannst du dir vorstellen, was die Linien bedeuten könnten?" Andi überlegte kurz bis er heraussprudelte:

„Diese Linie, die sich wie eine Schlange windet, ist bestimmt ein Bach, oder ein Fluss. Dort wo zwei gerade Striche darüber laufen, ist sicher eine Brücke. Die kleinen Stricherl sind ein Weg, den man gehen soll. Vielleicht ist der Kreis ein Teich oder ein See, oder ein Kreisverkehr? Dort, wo dieses komische Rechteck ist, dort soll man etwas finden oder hingehen, ich weiß nicht recht."

„Du kriegst von mir ein besonders großes Eis, Andi, von der

Konditorei am Stadtplatz." Das Wort Eis brachte nun Sabines Gehirn zum Schmelzen.

„Herr Inspektor, ich darf es eigentlich nicht sagen, aber wenn ich auch ein Eis krieg?"

„Natürlich, nur heraus damit!" Waldner erwartete sich nicht viel. Sabine ermahnte ihren Bruder, ja nichts weiterzusagen. Der machte eine abfällige Handbewegung.

„Tu dir nichts an, das hat sie mir schon längst gesagt."

„Dass sie einen Freund hat, nicht so einen wie dich, sondern einen richtigen, einen älteren? Er ist so stark, dass er sie in der Luft herumwirbeln kann beim Tanzen, und" – jetzt sprach sie nur mehr flüsternd Waldner ins Ohr, „er ist verliebt in sie, das ist ganz anders als mit den Buben in der Schule!"

Ihrem Bruder, der die Ohren gespitzt hatte, um doch etwas zu erlauschen, warf sie nur einen triumphierenden Blick zu und Andi wurde verlegen.

„Der blöde Trampel, hängt sich eh auf alle drauf, die geht doch jeden an!" Die gereizte Reaktion des Bruders sagte eigentlich viel aus.

„Hat sie gesagt, wo er wohnt und wie er heißt?" Sabine dachte kurz nach.

„Nein, ich glaube nicht, sie hat so geheimnisvoll getan. Nur das weiß ich genau, dass er es gern hat, wenn sie sich recht schminkt!"

Martin zog sein Notizbuch aus der Tasche. Er schrieb einige Stichworte auf. Das schien die Katze übel zu nehmen. Fauchend fuhr sie von seinen Knien mitten hinein in die Hühnerschar, die erschreckt auseinander stob. Dort saß sie, stolz über den Riesenerfolg ihres Auftritts, schlug ihren buschigen Schwanz hin und her, um im nächsten Augenblick einem vorwitzigen Sperling sprungbereit aufzulauern.

Während Martin dieses kleine Spielchen vor ihm sehr an die Art eines gewissen Oberinspektors erinnerte, überdachte er, was er eben gehört hatte. Da fiel ihm noch etwas dazu ein:

„Habt ihr vielleicht einen Radfahrer gesehen, mit einem Vollbart, der in der Au herumfährt und den niemand kennt?" Andreas grinste verhalten, als er wie seine Schwester „Nein" sagte.

Waldner kniff die Augen zusammen, fixierte ihn scharf und packte ihn überraschend am Arm. Er stand auf und zog Andi mit um die Hausecke. Dann grinste auch er und sagte lachend:

„Du kriegst drei Eis, beim Vogl oder beim Welzer, wo du willst, wenn du mir alles erzählst, was du weißt. Ich werde dich nicht verraten." Sabine lugte ängstlich um die Ecke, wagte aber nicht näher heranzugehen. Andreas, zuerst doch ein wenig erschrocken, schaute ihn erleichtert an und lächelte überlegen.

„Ich habe geschworen, mit niemandem darüber zu sprechen. Aber ich weiß eigentlich nicht, warum? Da hat sich ein Mann mit einem Bart in einer Mulde an der Aschach ein niedriges Zelt aufgestellt. Ich habe es nur entdeckt, weil ich den Radspuren durch die Brennnesseln nachgegangen bin. Er ist furchtbar erschrocken, aber ich auch, als der wildfremde Mann plötzlich vor mir gestanden ist. Er hat zwar so cool getan, war es aber nicht, ein komischer Typ. Er sagte, er wäre ein Umweltschützer, der aufpasst, dass die Leute nicht ihren Müll in die Au oder ins Wasser werfen. So ein Blödsinn, als ob die so weit in die Brennnesseln steigen würden, das geht von der Brücke aus leichter. Er hat ein großes Fernglas, wegen der Vögel, und ein super Fahrrad, ein italienisches, Herr Inspektor, allerhand, der muss viel Geld haben!

Mir hat er gleich fünfzig Schilling gegeben, aber ich soll den Mund halten, er will seine Ruhe haben." Des Inspektors Müdigkeit war mit einem Schlag verflogen.

„Kannte auch Maria den Mann und den Zeltplatz?"

„Den Weg hab ich ihr nicht gezeigt, aber das Geld schon, ehrlich, sie treibt sich überall herum, vielleicht hat sie ihn auch entdeckt, neugierig, wie sie ist!"

„Wie schaut er denn aus?"

„Er ist nicht so groß wie Sie, aber der hat Muskeln! Er hat mir gezeigt, wie er auf die Bäume klettern kann, voll super, einen Bart hat er auch, aber freundlich war er nicht, die Augen waren so, so, ich weiß nicht recht, im Fernsehen habe ich einmal solche gesehen, ha, so stechend. Mir war er's nicht, aber sagen Sie es niemandem, sonst krieg ich's mit der Angst zu tun."

„Super, Andreas, du bist ein harter Bursch, aber hör auf mich und geh nicht mehr allein dorthin! Wenn du mir den Weg zeigen könntest, dann komme ich morgen vorbei und hol dich ab. Nachher gibt es das versprochene Eis, einverstanden? Mit deinen Eltern rede ich morgen. Ich lasse sie recht herzlich grüßen, und vergiss nicht, wir zwei haben ein Geheimnis miteinander." Das Letzte war nun wirklich voll gut für den Buben, denn dass er, der Andi, mit dem Herrn Inspektor geheim auf Mörderjagd gehen sollte, ließ ihn die halbe Nacht nicht schlafen. Ein dreifaches Eis hatte er noch nie erlebt. So nickte er begeistert und mit Handschlag, wie eben bei Verbündeten, wurde es abgemacht.

Martin zog höchst beunruhigt weiter. Mit diesem geheimnisvollen Radfahrer stimmte einiges nicht, da war er sich sicher. Ich muss noch bei Franz vorbeischauen, vielleicht hat auch er etwas zu berichten, dachte er.

Gerade war er in den Hof eingefahren, kam auch Franz mit dem Traktor vom Feld. Er hatte mit Helfern Salatpflanzen gesetzt und gleich eingewässert. Dazwischen machte er eine kleine Pause. Er war hungrig und durstig und sie würden noch weit bis in den Abend hinein mit der Feldarbeit beschäftigt sein. Doch als er Martin sah, strahlte er über das ganze Gesicht.

„Dein Auto habe ich gestern gesehen, aber du hast dich bei uns nicht anschauen lassen! Bist du in geheimer Mission unterwegs? Ich kann mir schon denken, was dich gerade jetzt zu uns führt. Muss wirklich so etwas geschehen, dass du uns besuchst oder hast du erst jetzt erfahren, dass deine ehemalige Angebetete wieder im Lande ist und deine Gerda darf davon nichts erfahren?" Er lachte gutmütig und gab ihm mit seiner kräftigen Hand einen Schlag auf die Schulter.

„Hast schon Recht, Franz, ich war schon lange nicht mehr bei euch, aber das soll anders werden. Jetzt ist es die verschwundene Maria, die mich in die Gegend führt. Aber was redest du denn von meinem Schwarm, da war doch gar nichts!"

„So genau weiß ich das auch wieder nicht. Du hast nur ständig nach ihr gefragt und Ausschau gehalten. Nichts mehr war mit dir anzufangen. Ich hab dich nie so verliebt gesehen wie damals, sei mir nicht bös, aber deine Freundin hört es ja nicht. Wie jung sie ausschaut, deine Aglaia, man sagt ihr zwar wilde Geschichten nach. Stimmt das, sie soll von ihrem eifersüchtigen Mann beinahe ermordet worden sein?"

„Von ihrem geschiedenen Mann, ja, das stimmt schon. Aber kannst du mir von der kleinen Unterstrasser erzählen?"

„Die Maria? Das ist ein rechter Jammer mit der. Meine Frau sagt, sie ist ein armes Dirndl, ich halte sie für ein Früchterl. Aber was willst, es kümmert sich keiner um sie. Ich mag es jedenfalls nicht, wenn meine Kinder mit ihr beisammen sind. Es wird Zeit, dass ihr sie findet, die Leute sind schon sehr beunruhigt. Jeder vermutet ein Sexualverbrechen. Wir bringen die Kinder in die Schule und holen sie auch ab. Ebenso haben sie Verbot, in die Au zu gehen."

„Das ist vernünftig. Sag, ist dir in der letzten Zeit ein Radler mit Vollbart über den Weg gelaufen?"

Franz dachte nach.

„Hast du den im Visier? Begegnet kann ich ihm schon sein, aufgefallen ist mir aber keiner. Vor ein paar Wochen ist ein fremdes Auto tagelang so halb versteckt in der Au herumgestanden. Fahrer habe ich keinen gesehen. Aber sag einmal, hat Frau Wieland ihren Hund nicht mehr?"

„Er ist tot, irgend jemand hat ihn vergiftet." Franz schaute ihn entgeistert an.

„Ja, gibt es denn das! Weißt du was, du kommst jetzt mit mir zur

Jause, da können wir noch reden miteinander. Anni wird sich auch freuen, du bist ihr weitaus der Liebste von meinen Freunden." Mit diesen Worten zog er ihn zur Küche und schob ihn hinein.

Franz stellte seine schmutzigen Stiefel vor der Tür ab, wusch sich Gesicht und Hände und dann erst gesellte er sich zu ihnen.

Anni war eine blonde Frau mit hellblauen Augen. Sie war hübsch, äußerst tüchtig und hatte ein ausgeglichenes Gemüt. Die beiden führten eine harmonische Ehe. Sie begrüßte Waldner herzlich. Martin lobte die Kinder, die er schon im Hof gesehen hatte. Auch ihre Küche mit dem neuen Kachelofen fand er sehr gemütlich. Als er noch über ihr Aussehen ein paar nette Worte sagte, war es kein Wunder, dass Anni sich freute.

„Wie geht es deiner Freundin? Wann heiratet ihr denn endlich? Du wirst zu alt zum Kinderkriegen, ich sehe schon einige weiße Haare in deinem Schopf", lachte sie.

„Gerda geht es gut, hoffentlich! Sie hat sich einen weniger langweiligen Freund gesucht, hat sie gesagt, als sie mich verlassen hat." Anni schlug die Hände über dem Kopf zusammen und warf einen prüfenden Blick auf Martin. Aber der machte nicht den Eindruck, als litte er unter der Trennung, im Gegenteil.

„Das wird sie noch bereuen, du wirst sehen, sie kommt zu dir zurück."

Hoffentlich nicht, dachte Martin. „Aber ich glaube nicht, dass ich sie dann noch mag", lachte er.

„Dann holst du dir Aglaia, hast schon Recht", rief Franz vergnügt, „nur den Frauen nicht nachrennen, tu das ja nicht!" Als seine Frau die Küche verlassen hatte, sagte er leise zu ihm:

„So recht hat die Gerda doch nicht zu dir gepasst, immer wollte sie im Mittelpunkt stehen und bewundert werden, eitel war sie. Die Wieland gefällt mir da viel besser."

„Aber sag einmal, wer kommt auf die Idee, den Hund zu vergiften? Ich bin doch Jäger, ich habe die zwei oft beobachtet. Das Tier ist nur neben ihr hergelaufen, es war gut veranlagt und gut erzogen. Ihr seid doch jetzt bei den Burghards und stellt das Haus auf den Kopf? Jemand soll ihn angezeigt haben? Unsinn, sag ich dir, ihr vertut nur eure Zeit, sucht lieber das Mädchen, wenn es nicht schon zu spät ist!"

„Ich bin deiner Meinung, Franz, aber wir müssen jeder Anzeige nachgehen, auch wenn sie anonym ist. Könnte er einen Feind haben?"

„Bestimmt nicht, sie sind friedfertige Nachbarn. Er geht doch voll und ganz in seinen Forschungsarbeiten auf."

Jetzt stürmten seine Kinder in die Küche, übermütig und hungrig. Als Martin die beiden älteren, Michl und Johanna, nach Maria fragte, meinte Michl schnippisch:

„Die hat doch einen Vogel", und tippte sich auf die Stirn. Johanna pflichtete ihm bei.

„Sonst wisst ihr nichts über sie?"

„An dem Tag, an dem sie verschwunden ist, hat sie der Andreas am Rad in die Schule geführt. Der tut alles für sie, er schimpft zwar immer, dann tut sie recht lieb mit ihm und schenkt ihm Zuckerl. Aber da ist mir ein großer Nylonsack aufgefallen, den sie mitgehabt hat, prallvoll war er, und die Schultasche auch noch."

„Danke, Johanna, du hast gut aufgepasst." Zu seinem Freund sagte er:

„Wenn du einen Mann mit Bart in der Au siehst, dann ruf mich an", und er gab im seine Handynummer.

Auf der Fahrt nach Linz beschäftigte sich Waldner intensiv mit seinen letzten Ermittlungen. Als er aus dem Auto stieg, überfiel ihn die stickige Linzer Stadtluft. Jetzt am Nachmittag strahlten die Häuserfronten die Hitze zurück, die sie den ganzen Tag gespeichert hatten. Wie angenehm war es dagegen am Land, dachte er, richtig erholsam.

Sofort nach dem Betreten des heißen Dienstraumes tätigte er einen Anruf nach Graz. Er sprach mit der Anstalt, in der Ehrenhausen festgehalten wurde.

Nach längerem und mit Nachdruck geführten Gesprächen wurde er endlich mit dem zuständigen Arzt verbunden. Was er nun hörte, war niederschmetternd. Philipp Ehrenhausen war vor sechs Wochen entlassen worden. Es hatten sich verschiedene einflussreiche Personen für ihn eingesetzt, da sich sein psychischer Zustand stabilisiert hätte. Das fand zumindest ein bekannter Psychiater, der ein Gutachten erstellt und auch den Antrag auf Freilassung eingebracht hatte.

Waldner ließ sich die Telefonnummer der Wohnung Ehrenhausens geben. Er rief auch dort an. Der Anrufbeantworter gab die Auskunft, dass Herr Ehrenhausen auf längere Zeit verreist sei.

Ich muss sofort zum Chef, Aglaia schwebt in höchster Gefahr, war Martins erster Gedanke.

Auch Oberinspektor Zauner war gemeinsam mit Inspektor Grafenauer nach Linz zurückgekehrt. Im Zimmer des Chefs entbrannte nun eine hitzige Diskussion.

„Nun, Waldner, ich habe mich lange mit Frau Wieland unterhalten und dabei meine Ansicht über sie revidiert. Das ist eine ganz patente junge Frau, die den Tod ihres Kindes noch nicht überwunden hat, verständlich, nicht wahr! Von Hysterie aber keine Rede. Meine erste Frage war natürlich, warum sie das Rad versteckt hat. Da sagte sie mir offen ins Gesicht, dass sie ihrem Onkel helfen wollte. Aber nicht, weil sie ein Verhältnis mit ihm habe, was man ihr böswilliger weise nachsage. Einfach nur, weil sie ihm unendlichen Dank schulde. Als ich sie fragte, ob sie sich darüber im Klaren sei, was das unter gewissen Umständen für sie bedeuten könnte, erwiderte sie kühl:

„Selbstverständlich, aber ich würde es wieder tun." Dann aber musste ich wirklich von Herzen lachen, als sie mir erzählte, sie hätte aus Angst vor ihrer Tante das Rad wieder zurückstellen wollen. Sie war überrascht über meine Reaktion, vor allem, dass ich ihr glaubte. Da sagte ich ihr, dass ich viel Erfahrung mit diesen überaus tüchtigen Frauen habe, die nie Fehler machten. Daher haben sie auch nicht viel Verständnis für anderer Leute Fehlverhalten. Da lachte auch sie und meinte:

„Ja, so besorgt und lieb sie sind, aber manchmal kriegt man Komplexe vor ihnen, nicht wahr?"

Sie ist eine begabte Künstlerin, wussten Sie das Waldner?" Martin verneinte unsicher. Doch Zauner war in Fahrt und sprach schon weiter:

„Ich habe ihr einen Rat gegeben, in welcher Galerie sie ausstellen könnte, wenn diese Geschichte ausgestanden ist." Jetzt blieb Waldner beinahe der Mund offen. Hatte Aglaia auch Zauner verhext? Der tat so, als ob sie bei Tee und Brötchen nett miteinander geplaudert hätten.

Als nächster berichtete Grafenauer. Das Gespräch mit den Lehrern hatte nichts Neues ergeben. Das Mädchen war intelligent und ordentlich, frühreif für ihr Alter und den Mitschülern in gewisser Hinsicht weit voraus. In der letzten Zeit konnte man eine gewisse Aufmüpfigkeit und eine zur Schau getragene Überheblichkeit bemerken. Diese tat auch ihren Klassenkameraden nicht gut. An ihrem letzten Schultag schien sie zerstreut und mit anderen Gedanken beschäftigt. Das aber waren die Lehrkräfte auch von anderen gewohnt.

Auch mit den Gastarbeitern hatte er kein Glück. Ein Pole erzählte ihm, dass schon vor einigen Wochen ein Mann sehr lange auf einem Baum gesessen sei. Er hatte ihn für einen Jäger gehalten, da er mit einem Fernglas irgendetwas beobachtet hätte. Der Feldarbeiter hatte sich über die Ausdauer des Mannes gewundert, übrigens hätte dieser einen hellen Vollbart getragen.

Den Hund hätte er zur pathologischen Untersuchung gebracht. Es sei ein Leichtes gewesen, vergiftete Wurst über die Hecke zu werfen. Aber dann blähte sich Greifenauer auf und legte los:

„Ich bin der Ansicht, dass es doch Professor Burghard gewesen ist, der den Hund getötet hat, um die Wirkung des Giftes auszuprobieren, bevor er Maria um die Ecke brachte. Er vergiftete sie mit Hilfe von Frau Wieland. Wahrscheinlich hatte das Kind die beiden bei Intimitäten erwischt. Womöglich sogar erpresst, um für ihre vielen Wünsche wieder Geld zu haben.

Aus Angst vor Frau Carla haben sie das Verbrechen begangen, was ja mit der Aussage der Nichte wieder zusammenpasst. Frau Wieland versteht es blendend, die Unschuldige zu spielen. Nach ihrem Vorleben und bei ihrer Wirkung auf die Männer, die sie raffiniert einzusetzen weiß, trau ich ihr ohne weiteres zu, auch kaltblütig zu morden. Beihilfe gibt sie ja schon zu, aber die Dankbarkeit nehme ich ihr nicht ab! Wer ist denn schon in der heutigen Zeit dankbar, wenn er noch dazu Kopf und Kragen riskiert! Ja, ich gehe so weit zu sagen, dass sie die Anstifterin ist. Der Alte ist ihr hörig und tut alles, was sie sagt!"

Gerhard Grafenauer blickte überheblich in die Runde. Martin Waldner war erbost, aber auch zutiefst erschrocken.

„So, und die kluge Frau Carla, die alles sieht und weiß, bemerkt von dieser jahrelangen Abhängigkeit ihres Mannes nichts und nimmt seine Nichte sogar noch mit hierher?" Darauf sagte Grafenauer grinsend:

„Es wäre nicht das erste Mal, dass die Tante mit der Nichte und die Nichte mit dem Onkel ins Bett geht!"

„Wenn das so wäre, dann ist der Mord an dem Mädchen völlig überflüssig, ich glaube, nun sind dir deine Bettgeschichten zu fantasievoll geraten. Warum ist dir nichts für Terezija eingefallen, rassige Frau und schon einige Zeit Strohwitwe? Wir könnten das ‚Bäumchen, wechsle dich-Spiel' noch weiter spielen, was meinst du? Vielleicht wurde Maria von den ‚infernalischen Vier' als Sexobjekt benützt oder hast du auch an einen Satanskult gedacht?"

Waldner war nun eindeutig zu weit gegangen. Der Chef bedeutete ihm das auch, aber Waldner nahm nichts zurück. Grafenauer hingegen freute sich. Er hatte bei Aglaia eine Abfuhr erlitten. Das war jetzt seine Reaktion, er war nun seinen Frust darüber beinahe losgeworden.

Der Chef lächelte fein und beobachtete die beiden Kampfhähne. Martin bemühte sich, Fassung zu bewahren. Aber an seinem roten Kopf und an der tiefen Stirnfalte merkte man, wie er innerlich kochte. Nun war die Reihe an ihm.

Er wusste so viel zu berichten, dass das Grinsen Grafenauers und das Lächeln Zauners aus ihren Gesichtern verschwand. Zum Schluss sagte er:

„Bei Maria verfolge ich noch eine Spur"; damit zog er den kleinen Zettel mit der Zeichnung aus dem Notizbuch.

„Ach, da schau her", meinte Grafenauer lässig, „das ist genau dieselbe Farbe, die Frau Wieland verwendet hat, als sie Maria zeichnete." Martin erstarrte.

„Davon weiß ich nichts", war seine unsichere Antwort.

„Das habe ich Ihnen noch nicht gezeigt, Grafenauer hat das Porträt in Frau Wielands Atelier gefunden und mitgenommen. Hier ist es."

„Wieso wissen Sie, dass es sich um Maria handelt?"

„Weil es Frau Wieland bestätigt hat. Maria hatte sie lange angebettelt, gezeichnet zu werden, aber dann fand sie sich doch zu wenig schön. Ich finde es ein ausgezeichnetes Porträt. Wir wollen für heute abschließen."

Zauner warf einen Blick auf die Uhr:

„Vielleicht, Kollege Waldner, einen Augenblick, wenn Sie noch bleiben könnten."

Oje, dachte Waldner, was wird jetzt kommen! Er vertiefte sich in das Gesicht des Mädchens. Es war wirklich nicht gefällig gezeichnet. Aber die Neugierde auf das Leben, die im Blick, im ganzen Ausdruck lag, die hatte Aglaia gut erfasst. Es ist beklemmend, dachte Waldner, dass Maria womöglich wegen dieser Neugierde sterben hat müssen.

Als Martin den Blick hob, hatte sich sein Chef im Sessel vorgebeugt und stützte seine Ellbogen auf dem Schreibtisch ab. Das tat er immer, wenn er Hilfe suchte, das Unangenehme auf das Überzeugendste hinter sich zu bringen. Er schaute ihn ernst, fast bekümmert an.

„Sie haben sehr gute Arbeit geleistet, Herr Kollege, überlegt und mit vollem Einsatz. Sie wissen doch, dass ich noch unter Ihrem Vater, den ich sehr verehrte, meinen Dienst begonnen habe. Ich wusste auch später von seiner Krankheit und seinen Sorgen. Auch, dass Sie gegen Ihren Willen in diesen Beruf eingestiegen sind. In der letzten Zeit hatte ich das Gefühl, dass Sie zwar klaglos Ihren Dienst versahen, aber noch lustloser als anfangs ausgeübt haben. Doch dieser Fall geht Ihnen nahe, sehr sogar, habe ich Recht?"

In Martins Gesicht lag unverhohlener Trotz.

„Frau Wieland erzählte mir nach meiner Frage, dass Sie sich von früher kennen. Stimmt das?"

Waldner nickte befremdet.

„Ja, Herr Oberinspektor, das stimmt. Wir hatten uns leider vollkommen aus den Augen verloren. Aber ist es denn so unverständlich, dass mein besonderes Interesse gerade diesem Fall gilt, spielt er doch in meinem Heimatdorf, und fast alle daran Beteiligten sind mir gut bekannt. Das hätte auch mein Vater so empfunden, meinen Sie nicht? Sie werden doch verstehen, dass ich hier mit mehr Einsatz dabei bin als bei dem gewissen Fall, auf den Sie gerade angespielt haben. Da gaben Sie mir schon vorher Anweisung, nicht so intensiv zu recherchieren, obwohl einiges faul war und ich auf der richtigen Spur gewesen bin. Aber da es sich um einen in der Öffentlichkeit engagierten Politiker gehandelt hat, hieß es, Rücksicht zu nehmen. Das geht mich nichts an, das haben Sie zu vertreten! Aber wenn dann Kollege Grafenauer meint, mit seinen ewigen Bettgeschichten die einfachste Erklärung vorweisen zu können, so muss ich gegen solchen Unsinn entschieden Stellung beziehen. Es tut mir Leid, wenn ich zu impulsiv gesprochen habe, aber auch in diesem Fall hätte mir mein viel zitierter Vater Recht gegeben!“

„Schon gut, Waldner, ich bin da durchaus Ihrer Meinung, wenngleich wir Grafenauers Theorie nicht ganz außer Acht lassen dürfen, besonders in der heutigen Zeit. Aber jetzt zu Ihnen, da ich eine gewisse Verantwortung für Sie trage. Es liegt eine glänzende Laufbahn vor Ihnen. Darum möchte ich Ihnen einen guten Rat geben: Setzen Sie nicht Ihre Zukunft aufs Spiel, indem Sie zu sehr Ihren Gefühlsregungen nachgeben. Halten Sie Ihre Empfindungen im Zaum, bis dieser Fall wirklich geklärt ist! Ich muss diese Warnung aussprechen, das bin ich Ihrem Vater schuldig, verstehen Sie mich? Ich habe einmal Ähnliches erlebt und wurde bitter enttäuscht. Gerade in unserem Beruf kann man nicht vorsichtig genug sein. Haben Sie Geduld, in ein paar Tagen werden wir mehr wissen.“

„Ich weiß eigentlich nicht recht, was Sie meinen, Herr Oberinspektor, ich wüsste wirklich nicht, was ich falsch gemacht hätte.“

„Umso besser, das freut mich zu hören. Also nichts für ungut, Herr Kollege.“

Als Martin Waldner seinen Vorgesetzten verließ, war er sehr verstimmt. Viel mehr noch, er war, was selten vorkam, wütend!

Auf der Fahrt zu seiner Wohnung kreisten seine Gedanken um dieses ärgerliche Gespräch. Warum musste ausgerechnet sein Vater ins Spiel gebracht werden? Der war es doch gewesen, der ihm diesen verdammten Beruf aufgehalst hatte! Alle guten Eigenschaften hatte er nach Zauners Meinung nur von ihm, es war zum Lachen. Seine Gefühlsregungen sollte er im Zaum halten, diese altmodische Ausdrucksweise eines verzopften Beamten! Wahrscheinlich hatte er doch etwas mitgekriegt und sieht sich leid. Wie er am Anfang begeistert von Aglaia gesprochen hatte. Erst dieser Trottel Grafenauer hatte ihm alles verdorben.

Aglaia als Mörderin hinzustellen, wie gehässig und primitiv, bestimmt ist sie auf seine Anbiederung nicht eingegangen!

Er fragte sich nur, wie es möglich war, dass Marias Portrait und die Zeichen auf dem Zettelchen dieselbe grellrote Farbe aufwiesen?

Die Wut ließ langsam nach, und er fühlte sich niedergeschlagen. In seiner kleinen Wohnung angekommen, öffnete er erst einmal alle Fenster und Türen. Er brauchte Luft, frische Luft, zumindest Zugluft, die seine Großmutter immer so gefürchtet hatte. „Martin, bitte mach die Tür zu, es zieht so", hörte er sie jammern. Der Gedanke an sie schob seinen Ärger zur Seite.

Von seinem Wohnzimmer aus schaute er oft hinüber in das alte Urfahr, wie es sich heute darbot. Nur mehr die Pfarrkirche mit dem Pfarrhof und eine kleine Häuserzeile waren als letzte Erinnerung an eine vergangene Zeit übrig geblieben. Die eintönigen Betonklötze wuchsen über sie hinweg. Sie würden sie eines Tages völlig vereinnahmen. Seine Augen sprangen meist über das sich nun großstädtisch gebende ehemalige Fischerdorf hinweg. Sie landeten lieber auf den grünen Mühlviertler Hügeln, der „Almregion" der erholungssuchenden Linzer. Von dort kehrten sie zurück zu dem mächtigen Strom zu seinen Füßen. Wie ein Chamäleon wechselte dieser die Farben. Heute, da der Himmel knallblau war, trug das Wasser den vielbesungenen blauen Schimmer. Die Turmkreuze der Pöstlingbergkirche glänzten in der tiefstehenden Sonne golden. Martin nahm es als gutes Omen.

Wie gut war es doch, daheim und allein zu sein. Das Geschnatter seiner Gerda hätte er nicht länger ertragen. Und Aglaia? Er sah ihren Mund vor sich und hätte ihn gerne geküsst. Zauner zum Trotz. Er zog sich zum Joggen um. Das brauchte er heute noch. Die Luft am Strom würde ihm gut tun.

Im Laufen schaute er über das neben ihm strömende Wasser hin. Es nahm ein wenig von dem mit, was ihn quälte. Wie ihm die Bewegung gut tat nach dieser Nacht, und erst nach diesem Tag!

Nun war es schon recht still geworden. Auch von Urfahr tönten weder Verkehrslärm noch das Geplärr der Lautsprecher des Urfahraner Marktes herüber. Letzte Woche war dort noch ein Zirkus gestanden. Das grelle Licht des „Circus Leone“ hatte bis in seine Wohnung geleuchtet.

Während er tief durchatmete, wurde auch sein Gehirn wieder wach, und es kamen ihm einige neue Gedanken. Ja, sagte er sich, so könnte es gemeint sein. Es drängte ihn, nach Hause zu kommen. Aber er war sein Pensum, das er eisern einhielt, noch nicht gelaufen.

Endlich stand er unter der kalten Dusche. Erfrischt zog er den Bademantel über. Ein Geschenk von Gerda, zu seinem letzten Geburtstag. Dann nahm er den Zettel Marias vorsichtig aus seinem Notizbuch und setzte sich zum Tisch.

Dieser Tisch war ein ewiges Zerwürfnis zwischen Gerda und ihm gewesen, ebenso wie der abgewetzte Stuhl und das dunkel gebeizte Kästchen. Beide stammten noch aus dem ehemaligen Fischerhaus. Seine Freundin fand die Möbel scheußlich, doch er überhörte einfach ihre Klagen, so gab es keinen Zwist. An diesem Tisch hatte er in der Stube seiner Großmutter die Hausaufgaben gemacht.

Aufmerksam beugte er sich über die kleine Strichzeichnung. Das knallige Rot irritierte ihn aufs Neue, als er die Linien und Striche, Punkte, Kreise und Quadrate studierte. Immer wieder überdachte er alle Möglichkeiten. Die eine verwarf er, eine andere fand er bestätigt. Zuletzt gab es für ihn keinen Zweifel mehr. Es war eine klare und einfache Lösung.

Er rief sofort seinen Chef an. Der musste zuerst den Fernseher leiser schalten. Im Hintergrund hörte Martin Frau Zauner deswegen maulen. Er spürte eine gewisse Genugtuung darüber, gerade heute.

Zauner war von Martins Theorie verblüfft, aber noch nicht ganz überzeugt. Trotzdem versprach er Waldner, entsprechende Ermittlungen anzuordnen. Martin teilte ihm auch mit, dass er morgen, am Sonntag, mit dem Rad nach Eferding fahren und versuchen werde, in der Au und an der Donau auf eigene Faust zu recherchieren.

Sein Chef nahm das wohlwollend zur Kenntnis, ermahnte ihn aber, seine Waffe mitzunehmen und nichts im Alleingang zu riskieren. Ansonsten wäre er ja alt genug, zu wissen, was er zu tun hätte.

„Halten Sie mich auf dem Laufenden, ich bin jederzeit erreichbar. Sie wissen so wie ich, dass der Chefinspektor schon ungeduldig ist." Das wusste Waldner schon lange, dass Verbrechen an Kindern für die Medien ein interessantes Thema waren. Besonders, wenn es um halbwüchsige Mädchen ging, stürzten sie sich wie Hyänen darauf, Aglaia hatte schon Recht.

Noch einmal studierte Waldner das Gekritzel. Diesmal wurde er wieder unsicher. Er fürchtete, sich mit seiner Theorie zu blamieren. Müde bin ich, gereizt und hungrig, so versuchte er sich zu beruhigen. Er öffnete den Kühlschrank und stellte fest, dass es höchste Zeit wurde, ihn wieder aufzufüllen. Der Rest einer Salami, ein kleines Stück Käse und ein Butterbrot, für heute musste es reichen. Seinen Durst löschte er mit einem Glas Most, den er mit Mineralwasser aufspritzte.

Bevor er sich seinem zerrissenen Blouson zuwandte, schaltete er die randvoll gefüllte Waschmaschine ein. Die lebenstüchtige Gerda hatte immer auf den modernsten Maschinen bestanden. Jetzt war er froh darüber, auch über den Trockner. Die richtige Dosierung des Waschpulvers war keine Schwierigkeit. Nur, auch dieses ging langsam zu Ende. Die Einkaufsliste wurde jeden Tag länger. Nadel und passende Nähseide hatte er bald bei der Hand. Er setzte sich im Schneidersitz auf die Couch. Während er den Faden geschickt einfädelte und sich daran machte, den Riss zu flicken, dachte er wieder über die Beziehung zu Gerda nach und was er falsch gemacht hatte.

Sie hatten sich auseinandergelebt. An seinen Problemen war sie von Anfang an nicht interessiert gewesen. Aber er konnte seine Gedanken nicht auf Knopfdruck abschalten. Ständig wurde er doch mit neuen, ungeklärten Verbrechen konfrontiert. Die Schicksale der Opfer wie auch der Täter gingen ihm nach. Er sah ihre Gesichter, manchmal voll Hass, noch öfter verzweifelt. Oft suchte er nach Fehlern in seiner Vorgangsweise bei der Wahrheitsfindung, auch in der Behandlung der Menschen, die in die Verbrechen verwickelt waren. Angst, dass ihm persönlich etwas passieren konnte, hatte er bis jetzt nicht gespürt. Vielleicht wäre es anders gewesen, hätte er eine Familie gehabt. Ging doch der frühe Tod seines Vaters auf die Verletzung durch einen Festgenommenen zurück.

Für Waldner waren die psychologischen Aspekte, die Hintergründe der Verbrechen am spannendsten. Besonders bewegte ihn, wenn es zwischen zwei sich einst Liebenden zu tödlichem Hass gekommen war.

Was hatte er doch heute wieder alles gehört, gesehen und gespürt. Wie viel da in den Gesprächspausen lag, im Zögern, in den Gesichtern zwischen den Worten, im „Nichtsagenwollen".

Er versetzte sich in die kleine Maria, die kein Kind mehr sein wollte. Aber auch in die erwachsene Aglaia, die immer wieder so hilflos und naiv wie ein Kind handelte.

Nun war er endlich bei ihr angelangt. Warum erlaubte er sich erst nach langen Umwegen zu ihr zu finden? Hatte ihn das Gespräch mit den Kollegen abgehalten, an sie zu denken? Ob sie auch bei Zauner die flammenden Augen gehabt hat?

„Sie nützt ihre Wirkung auf Männer aus", hörte er Grafenauer sagen.

„Ihre Frau wird das besser machen als ich"; hatte sie in ihrer bescheidenen Art gesagt. Seine Gefühle wurden zwischen Misstrauen und Bewunderung hin und her gerissen. Während er in der einen Hand die Nadel hielt, legte er mit der anderen Hand eine CD ein. Natürlich hatte er nach einer Brucknersymphonie gegriffen, die lagen obenauf. Die Neunte war ihm in die Hand gefallen, unvollendet und doch vollkommen.

Bruckner hatte ihn von jeher angesprochen. Schon umflutete ihn seine Musik. Er lag in ihr wie in einem großen Strom, der ihn forttrug. Wohin?, fragte er sich.

Er lehnte sich zurück und genoss die Ekstasen, die nie im Chaos endeten, sondern wieder zu einfachen, aber die Seele kindlich weit öffnenden Harmonien zurückführten. War nicht Aglaia neben ihm und sie ließen sich dahin tragen wie damals ihm Boot? So lag er, horchte und träumte. Die Liebe zu ihr hatte ihn heute zutiefst getroffen.

Nun begann das berühmte Adagio. Die Hörner setzten ein, ernst und erhaben, Bruckners Abschied vom Leben. Ich aber, dachte Martin, ich war noch nie so erfüllt mit Leben, es ist, als ob es gerade erst begonnen hätte. Wie gut mir diese Musik tut, sie klärt so vieles, was noch verborgen in mir lag. Er ließ sie noch in sich nachklingen.

Dann raffte er sich auf und begann, für morgen einen genauen Plan zu entwerfen. Ob es mir gelingen wird, die beiden Fälle zu entflechten oder zusammenzuweben?

Schließlich machte er noch ein bisschen Ordnung, legte die gewaschenen Kleidungsstücke in den Trockner, hängte die geflickte Jacke auf den Haken im Vorraum und legte sich zurecht, was er morgen brauchen würde.

Er stellte den Wecker und öffnete das Fenster weit, um die kühlere Nachtluft einzulassen. Dann warf er einen Blick auf das immerwährend fließende Wasser der Donau, das wie die Zeit mahnend an ihm vorüber strömte. Mit Sehnsucht dachte er an Aglaia und legte sich endlich schlafen.

Aglaia konnte die Wechselbäder der Gefühle, denen sie heute ausgesetzt gewesen war, fast nicht mehr verkraften.

Jahrelang hatte sie ein vollkommen zurückgezogenes Leben geführt. Nun drangen längst vergessene Empfindungen auf sie ein, ungeheuer bedrückende wie unsagbar glückliche.

Sie dachte an Martins Gesicht, bevor Zauner sie aufgescheucht hatte. Ein Ausdruck des Erstaunens war auf ihm gelegen, als geschähe hier etwas, das außerhalb seines Verstehens lag.

Auch ihr war es so ergangen. Nach dem Tod ihres Freundes hatte sie geglaubt, nie wieder lieben zu können. Ihre Beziehung war leidenschaftlich gewesen. Nur die Berge hatten Daniel noch mehr bedeutet als sie. Er war fast so besessen von ihnen, wie Ehrenhausen von ihr. Genau so rücksichtslos wie dieser folgte er seiner Leidenschaft. Bis zum bitteren Ende.

Wie anders war da Martin Waldner. Noch nie hatte sie ein Mann mit solcher Zärtlichkeit betrachtet. Wie schön das Leben sein konnte. Niemand vermochte ihr jetzt etwas anzuhaben, sie wurde geliebt und sie liebte wieder. Das gab ihr Mut und Sicherheit.

So saß sie vor dem Oberinspektor und spürte nicht die geringste Angst. Auch er schien erfasst von ihrer Ausstrahlung. Wie liebenswürdig er auf ihre wahrheitsgetreuen Antworten reagierte. Er machte kein Hehl daraus, dass er Vorurteile durch den Bericht aus Graz gehabt hatte, aber auch nicht, dass sie ihm sympathisch war. Von ihren Bildern schien er sehr beeindruckt zu sein. Sie führten ein angeregtes Gespräch über moderne Malerei. Er verstand zu ihrem Erstaunen etwas davon und kannte sich offensichtlich in der Linzer Kunstszene aus.

Gestärkt durch ihr gewonnenes Selbstbewusstsein war ihr auch Grafenauers Benehmen gleichgültig. Als er triumphierend das Blatt mit Marias Porträt aus der Mappe zog, fragte er sie hinterhältig, ob sie auch Akte male. Sie verneinte lächelnd, es fehle das richtige Modell. Sie hatte auch den Mut, seine Hand, die er so nebenbei vertraulich auf ihre Schulter gelegt hatte, abzustreifen, ohne dabei einen roten Kopf zu kriegen. Wie viel Lebensmut war mit Martins Liebe zurückgekehrt, sie fühlte sich fast schwindlig davon.

Als sie die Treppe hinunterlief, taumelte sie beinahe.

„Wir essen doch im Garten, es ist so warm heute“, fragte sie.

„Freilich, wir wollen die sommerlichen Tage nützen. Nimm du das Brot und die Butter, Terezija bringt den Salat, ich nehme die Wurstplatte und Onkel Reinhold sorgt für die Getränke.“

Tante Carla war so glücklich über das lächelnde Gesicht ihrer Nichte, dass sie das Essen auch auf einer Zille angerichtet hätte, wäre es der Wunsch Aglaias gewesen. Sie genossen die wieder eingekehrte Ruhe.

Nach dem Abendessen, als die Sonne langsam unterging, spazierte Aglaia zu ihrem Lieblingsplatz. Sie wollte allein sein, um ungestört ihren Gedanken nachhängen zu können. Die Abendkühle wird mir gut tun, dachte sie. Aufatmend setzte sie sich auf die Bank. Sie hatte doch gar nichts geleistet – und trotzdem taten ihr die Glieder weh und ihre Augen schmerzten! Vielleicht steckt eine Pollenallergie in mir, Heuschnupfen oder etwas Ähnliches, daher auch dieser leichte Schwindel, erklärte sie sich ihre Zustände.

Sie lehnte sich zurück und schloss die Augen. Wie wohltuend das kühle Lüftchen über ihr heißes Gesicht strich. Sie merkte nicht, dass sie einschlief.

Im Traum wurde sie aufgehoben und sanft hinausgetragen in den verklärten Auwald. Noch nie hatte sie ihn so schön gesehen. Das frische Gras begann erst zaghaft zu sprießen, nur die Weidenköpfe plusterten sich auf. Aber wo sie auch hinsah, war der Boden bedeckt mit Frühlingsblumen. An ihrer Hand führte sie einen kleinen Buben. Als er zu ihr aufschaute, glaubte sie, Martins Augen zu sehen. Maria hielt die andere Hand des Kindes. So schwebten sie über den Boden dahin. Die Blätter der grünweißen Schneeglöckchen stachen wie Lanzetten aus dem Laub. Dazwischen aber sprang Susanna; ein paar Sonnenstrahlen ließen ihre Haare aufleuchten. Sie pflückte und pflückte, um Aglaia die bunten Sträuße zu bringen. Denn die ganze Pracht, sonst auf Wochen verteilt, hatte sich in ihrem Traum auf einmal entfaltet. Dort eine Wiese voller Blausterne, in den Gräben die nach Erde duftenden Schlüsselblumen, im Gestrüpp versteckt hauchzarte Buschwindröschen und geschützt unter Bäumen hellblaue Leberblümchen. Unten am Bach leuchteten üppige Büschel knallgelber Dotterblumen und das zweifarbene Lungenkraut mit den samtenen Blättern. Auch das Kind und Maria halfen Susanna beim Pflücken. Keine Blume blieb unentdeckt, weder die halbverborgenen Gelbsterne noch der lila Lerchensporn, schon gar nicht die blauäugigen Vergissmeinnicht. Die Luft war so mild und Aglaia fühlte sich leicht und glücklich.

Doch im nächsten Augenblick schlug ihr ein kalter Wind entgegen. Die Sonne war soeben verschwunden, mit ihr auch die Kinder. Sie rief und erhielt keine Antwort. Als sie suchend um sich schaute, gewahrte sie hinter einem grotesk ausgehöhlten Weidenstamm eine Gestalt. Sie trat hervor und kam auf sie zu. Es war Philipp Ehrenhausen, aber er hatte nichts Furchterregendes an sich. Sie spürte auch keine Angst vor ihm, als er traurig zu ihr sagte:

„Ach Aglaia, warum läufst du vor mir davon? Du weißt doch, was du für mich bist, ich kann nicht leben ohne dich, willst du nicht, so wie früher, wenigstens mit mir reden?"

Gerade, als sie ihm antworten wollte, weckte sie ein Geräusch. Verwirrt, noch halb im Traum, schaute sie auf.

Die „blaue Stunde" war angebrochen und tauchte die Landschaft in ihr magisches Licht. Verschwommen stellte sich alles dar, auch das Vertraute schien geisterhaft verändert. Sie stand auf, um heimzugehen. Da sah sie genau so wie erst im Traum das verzweifelte Gesicht Philipps zwischen den Weiden auf sie herunterstarren. Im nächsten Augenblick war es verschwunden. Von Angst ergriffen lief sie davon, immer wieder um sich blickend, ob ihr jemand folgte. Aber es war niemand hinter ihr her. Atemlos schloss sie die Gartentür und rannte ins schützende Haus, um auch dort das Tor fest zu verriegeln. Sie stürmte die Treppe hinauf und warf sich auf das Bett. Das Fieber hat mich so durcheinander gebracht, dass ich den Traum mit der Wirklichkeit verwechselt habe, dachte sie. Sie nahm eine Tablette und wurde daraufhin ruhiger. Doch schlafen konnte sie nicht. Alles Vergangene stand wieder vor ihr.

Philipps Worte und seine traurige Miene gingen ihr nicht aus dem Sinn. Er war wie früher, am Anfang, als sie sich kennen gelernt hatten. Als einen etwas eigenbrötlerischen, aber treuen Freund hatte sie ihn betrachtet. Immerzu hatte er ihre Nähe gesucht, lästig war er ihr oft mit seinen launenhaften Eigenheiten geworden. Doch sein unglücklicher Blick hatte immer wieder ihr Mitleid geweckt.

Nach seinem zweiten Herzinfarkt war ihr Vater gestorben. Dann stürzte Daniel, ihr Freund ab. Und sie erwartete ein Kind. Von der winzigen Pension ihrer Mutter konnten sie nicht leben, sie musste das Studium aufgeben und arbeiten.

Wie hilfreich sich damals Philipp gebärdet hatte. Damit das Kind einen Vater hat, wie die Mutter meinte, heiratete sie ihn. Schon in der ersten Nacht ihres Beisammenseins erkannte sie ihren schrecklichen Fehler. Die Zeiten, in denen sie wenigstens mit ihm reden konnte, wurden immer weniger. Heute war er im Traum so einsichtig erschienen. Sein Wunsch, mit ihr zu sprechen, sollte er wirklich hierher kommen, stand vor ihr, bevor sie in einen tiefen, traumlosen Schlaf fiel.

In aller Früh erwachte sie mit dem Verlangen, wieder einmal den Sonnenaufgang an der Donau zu erleben. Spontan, ohne zu bedenken, dass sie ja nicht mehr Milo an ihrer Seite hatte, sprang sie auf, wusch sich mit eiskaltem Wasser und nahm irgendetwas aus dem Schrank. Sie erwischte ihr altes, noch aus Grazer Zeiten stammende schilfgrüne Kleid. Aus der Küche holte sie das Säckchen mit dem vertrockneten Brot für die Wasservögel, dann fuhr sie los.

Die frische Luft am noch schattigen Strom tat ihr gut. Damit wuchs auch ihre Hoffnung, das alles wieder gut werden würde. So fand sie Martin, gerade als sie sich zu den Schwänen hinunterbeugte.

Bald am Morgen, die Stadt lag noch still zu seinen Füßen, lief auch Martin Waldner energiegeladen die Stiege des Miethauses hinunter. Er hatte heiß und kalt geduscht. Das verheißungsvolle Glitzern der sich im Strom spiegelnden Straßenlampen verdrängte die letzte Müdigkeit. Er setzte seinen Sturzhelm auf und schwang sich aufs Rad. So früh waren an einem Sonntag kaum Leute auf der Straße. Er konnte daher fest in die Pedale treten.

Seine Dienstwaffe hatte er trotz Zauners Rat daheim gelassen. Wenn er schon Ermittlungen vorhatte, so sollten sie im Gefühl der Freiwilligkeit, nicht der Pflicht erfolgen. Fernglas, Handy, Fotoapparat und Notizbuch mit Marias Zettel waren dabei.

Noch lag Nebel über der Donau. Später würde es sicher aufklaren. Den Sonnenaufgang wünschte er in Brandstatt zu erleben. Einige Ruderer und Kajakfahrer, die Eigenbrötler auf dem Strom, waren schon zu sehen. Ein großer Schlepper tauchte wie das Schiff des „Fliegenden Holländers" aus dem Nebel und pflügte sich durch das aufschäumende Wasser. Ein eintöniges Grau herrschte vor, erst die Sonnenstrahlen würden Farbe in die Landschaft bringen.

Er wählte heute die Donauuferstraße nach Eferding. Vorbei am so genannten Urlaubsstein und den alten Steinbrüchen in den Freinbergwänden, dann an der Wallfahrtskirche von Sankt Margarethen, dem berühmten Kreuzweg mit den vielen Kapellen, ließ er auch schon den so genannten Anschlussturm, mit dem romantischen Namen „Adelgundeklause", der ehemaligen Befestigungslinie um Linz, hinter sich. Mar in fuhr gerne entlang der schroff abfallenden Felsen des Kürnberger Waldes. Hier konnte er die Urgewalt des Stromes richtig nachfühlen, mit der er sich durch dieses harte Gestein gearbeitet hatte.

Besonders gern aber dachte er an den Schulausflug zurück, als ihr Geschichtsprofessor die Schüler hierher geführt hatte. Wie gut hatte es dieser verstanden, ihr Interesse an der Vergangenheit zu wecken und das Aufsuchen von alten Ausgrabungsstätten als Abenteuer zu gestalten.

Er war mit ihnen zu den Fundstellen der Stein- und Bronzezeit gewandert und hatte ihnen die Befestigungsanlagen der „alten Burg“ und auch die Reste des römischen Wachturms gezeigt. Hier hatte Martin ein besonderes Erfolgserlebnis gehabt. Sie durften in den vermoosten Mauern und verwachsenen Erdhügeln herumstochern, bevor sie über den „Prinzensteig“ nach Wilhering hinunterliefen. Es war nicht zu glauben, vielleicht hatte er wirklich eine Begabung für Spurensuche, tatsächlich fand gerade nur er eine verkrustete römische Münze. Nicht nur der Professor schaute überrascht, auch seine Mitschüler. Die hatten mehr herumgeblödelt als ernsthaft gesucht. Wie stolz er war, als er am nächsten Tag gemeinsam mit dem Professor die Münze in das Museum bringen durfte. Als Belohnung hatte er Freikarten für den Besuch des Hauses bekommen.

Oft spürte er den Wunsch, einmal nur jeweils einen Tag der verschiedenen Geschichtsepochen in diesem Siedlungsraum zu erleben. Welchen Bedrängnissen war die Bevölkerung einst ausgeliefert; besonders dann, wenn aus dem Osten einbrechende Stämme auf der Suche nach kultivierteren Zonen die Donau aufwärts zogen. Dadurch vermischten sich auch Völker und Kulturen.

Er dachte auch an seine Kindheit, als er an der Hand der Großmutter so oft zum Strom gepilgert war. Sie hatte ihm die Stelle gezeigt, wo sein Großvater ertrunken war. Er kannte ihn nur von einer alten Fotografie, dem Hochzeitsbild. Die Großmutter meinte, er, Martin, sei ihm sehr ähnlich, auch in seinem Wesen. Vielleicht stand er ihr deshalb besonders nahe.

So hatte die unbezwingliche Gewalt des Stromes schon bald einen festen Platz in seinem kindlichen Denken eingenommen.

Immer wieder musste ihm Großmutter den genauen Hergang des Unglücks erzählen. Nicht genug konnte er davon bekommen. Warum denn die Zille gekentert war und wo man dann Großvater gefunden hatte? Ob er denn nicht schwimmen konnte? Dann wartete er gespannt auf die Tränen, die ihr dabei unweigerlich über die Wangen liefen. Es erstaunte ihn, dass Großmutters Tränen jedes Mal den selben Weg in die Kummerfalten links und rechts ihres Mundes fanden, um zuletzt vom Kinn wie ein Bächlein auf die Schürze zu tropfen.

Heute schalt er sich grausam deswegen. Doch vielleicht hatte es der alten Frau gut getan, über ihren nie verwundenen Kummer sprechen und weinen zu können, hoffte er nun.

Sie erzählte ihm auch viele Legenden, die an der Donau und in den dunklen Auwäldern spielten. Sie handelten nicht nur von Flößern und Schiffsleuten sondern auch von den Leuten, die hier gewohnt hatten. Sie waren vom Strom geprägt, an dem sie aufgewachsen waren. Er gab ihnen nicht nur Nahrung, er forderte auch harte Arbeit. Zu oft waren sie den Wasserfluten hilflos ausgeliefert, wenn die Donau Hochwasser führte. Das grandioseste Erlebnis aber war, wenn es nach einem kalten Winter bei plötzlichem Wärmeeinbruch zu einem „Eisstoß“ kam. Das Eis zerbrach in riesige Schollen. Vom Wasser weitergetragen, schoben sie sich unter unheimlichem Lärmen und Grollen aufeinander und hinterließen im Vorfrühling tiefe Schürfwunden im sandigen Auboden.

Aber was erst die Großmutter von den unheimlichen Begebenheiten zu berichten wusste! Die Irrlichter und Wassergeister tanzten noch oft in Martins Träumen einen wilden Reigen. Besonders im Herbst, wenn der weiße Nebel nicht nur aus der Donau, sondern aus allen Gräben und Sümpfen stieg. Alles verzauberte er. Wo waren die vertrauten Bäume und Büsche? Da, plötzlich tauchte die große Weide mit dem hohlen Stamm wieder auf. Sie war fast ein Wunder, denn sie trug noch immer einen prächtigen Kopf von grünen Ruten. Kurz darauf hatte sie sich schon wieder in nichts aufgelöst. Wie sorgte die Natur für Abwechslung, nie wurde sie eintönig und alltäglich.

Wenn sich aber der kalte Nebel so klamm über Martin legte, verlor er fast den Atem vor Angst. Da war es gut, die warme Hand der Großmutter zu spüren.

Später, als er in die höhere Schule kam, versetzte er die alte Frau dafür mit dem dort Gehörten in Erstaunen.

Er erzählte ihr nicht nur vom rätselhaften Ursprung der Donau, sondern auch von ihrer Länge. Sie änderte sich von Jahr zu Jahr. Wie viel Zeit hatte sie doch gebraucht, um sich ihren Weg zu suchen. Diese Eigenwilligkeit, sich als einziger Strom Europas nach Osten zu wenden und es damit zu schaffen, die größte Völkerstraße zwischen Ost und West zu werden.

„Wenn ich mein Studium abgeschlossen habe, dann fahren wir beide auf der Donau mit einem schönen Schiff bis zu ihrer Mündung ins Schwarze Meer, gelt, Großmutter?“ Das hatte er oft gesagt, aber es wurde nichts daraus, so wie mit dem Studium.

Wie schnell er Wilhering erreicht hatte. Das Stift und gegenüber das Schloss Ottensheim lagen wie freundliche, lichte Zufluchtsorte vor ihm. Er war nun von der Straße auf den Radweg abgebogen. Langsam, wie es zu ihrer Behäbigkeit passte, breitete sich die fruchtbare Ebene um Eferding und Aschach vor ihm aus. Martin hatte diesen weiten Horizont sehr gern. Man konnte ihn mit den Augen leicht umwandern. Trotzdem fühlte der Blick sich niemals haltlos. Das Hügelland umfasste die üppigen Felder und Äcker, die Fruchtgärten und Dörfer wie ein Kranz. Wenn die Bäume auf den Höhen blühten, war das Gefühl des Geborgenseins in dieser Landschaft besonders spürbar.

Und doch war auch dieses friedliche Bauernland nicht frei von Greueltaten aus dem Zweiten Weltkrieg. Man hatte die Menschen, die hier wohnten, nicht gefragt, ob es ihnen Recht wäre, aus der „Irrenanstalt“, wie man früher sagte, eine mörderische

Euthanasieanstalt zu machen. Man fragte überhaupt wenig in der Zeit der nationalsozialistischen Gewaltherrschaft. So wurde das bedeutende Renaissanceschloss Hartheim in einen Ort des Schreckens verwandelt.

Die Asche von Tausenden getöteten behinderten Menschen wurde zum Teil mit Lastwagen in die Donau gekippt. Anrainer beobachteten geheim dieses grausige Schauspiel. Sie fanden auch noch genug angebrannte Knochen von Menschen als deren traurigen Rest am Ufer des Treppelweges oder im holprigen Zufahrtsgelände durch die Au. Ungefähr an dieser Stelle, wo Martin nun fuhr, hatte man diesen „Menschenmüll entsorgt“. Was für eine Zeit, dachte er, wo sich überhebliche Geister ausersehen wähnten, über Wert und Unwert des Lebens anderer entscheiden zu können!

Die Donau mit ihrer machtvollen Strömung zeigte nun deutlich ihre gewaltige Größe. Sie genoss die ausufernde Freiheit, bevor sie ihr wieder von den granitenen Felsengen genommen wurde.

Der Nebel hatte sich schon gehoben. Durch vorgeschobene rosa Wölkchen kündigte sich die aufgehende Sonne an. Martin musste sich beeilen, wenn er sein Ziel bis zu ihrem großen Auftritt erreichen wollte.

Um diese Zeit krochen die Krassnitzers, die Freunde Burghards, nach geruhsamer Nacht aus ihrem Zelt. Sie erfrischten sich am Bach, um sich dann an die Zubereitung des Frühstücks zu machen. Die Nacht war warm und trocken gewesen, auch die Gelsenplage hatte sich in Grenzen gehalten. Schon brutzelte der Speck in der Pfanne und Frau Krassnitzer deckte den Campingtisch. Sie genossen den wunderbaren Morgen im Auwald, den Gesang der Vögel und die Ruhe am Bach ohne dem Lärm der Menschen.

Dr. Krassnitzer war zufrieden mit seiner Ausbeute an interessanten Forschungsergebnissen. Nun begann er, das Zelt, das Boot und alles andere zusammenzupacken. Es war etwas mühsam, aber er hatte schon Übung darin. In einiger Entfernung war das Auto abgestellt. Dorthin musste er nun die Gerätschaften befördern.

Seine Frau war gerade dabei, das benützte Geschirr im Wasser abzuspülen, als sich eine Hand mit einem schwarzen Lederhandschuh bekleidet auf ihre Schulter legte und sie gewaltsam zurückriss. Sie lag hilflos und gelähmt vor Schrecken auf dem Rücken. Vor ihr stand ein Mann in Raddress und starrte sie böse an. Als sie endlich fähig war, gellend um Hilfe zu schreien, schüttelte dieser irritiert den Kopf und verschwand so lautlos wie er erschienen war in der Wildnis.

Vor Martin lag nun die leichte Krümmung des Stromes. Immer schon sah man sich hier gezwungen, den Aufprall des Wassers durch Dämme zu schützen. Aus vielen verzweigten Wasserarmen, die sich wie Adern durch die Landschaft zogen, hatten die Menschen im 19. Jahrhundert mit großer Mühe einen gut schiffbaren Hauptstrom geschaffen. Ein Teil der verlandeten Altarme war noch deutlich zu erkennen.

Da war er auch schon bei der Brücke über die Aschach angelangt. Hier führte der Weg zu seinem Dorf und zur Mühle.

Und da, an der Donau, er konnte es fast nicht glauben, stand Aglaia und fütterte ahnungslos ein Schwanenpärchen! Ihre Haare hatte sie am Hinterkopf zusammengesteckt. Wie hübsch sie aussah in ihrem einfachen Kleid. Sie hatte ihn noch nicht bemerkt. Gedankenversunken schaute sie über die Donau. Erst das Klicken des Fotoapparats ließ sie erschreckt auffahren.

„Martin, du, und als Radfahrer, dich hätte ich hier nicht erwartet!", rief sie freudig.

„Aglaia, stör ich dich?"

„Du? Stört mich die Sonne, der Mond, die Donau?"

Er nahm ihre Hand in seine, sie lehnte sich an ihn und vergessen war alles, was hinter ihnen lag.

Der Aufgang der Sonne war von hier, wo sie sich scheinbar aus dem Strom erhob, ein besonderes Erlebnis. Schon zuckten blitzartige Strahlen auf, die das Schauspiel einleiteten. Wie eine Verheißung erschien dann das erste Rund der feurigen Kugel. Orange und Gold drang in das matte Silber des Horizontes wie in das bleierne Grau der Donau. Neue Farben, Rosa, Grün, Gelb, Lila, vermischten flimmernd Himmel und Wasser, bis die Strahlenfinger der Sonne endgültig die verwobenen Nebelschleier durchdrangen. Zugleich mit dem Aufleuchten der Natur ertönte aus dem Auwald ein erlöstes Jubilieren. Mit schleppendem Flügelschlag querten zwei silbergraue Reiher den Strom. Wildenten stiegen in ihrer strengen Formation knatternd auf. Nur die Schwäne bewahrten ihre vornehme Ruhe und zogen im nun regenbogenfarbenen Wasser weiter ihre eleganten Kreise.

Mit der Sonne kehrte alles Leben wieder zurück. Während sie langsam höher stieg, bedachte sie alles mit Licht und Wärme, und auch Aglaia und Martin gingen nicht leer aus.

„Wenn wir uns doch auch so frei und ohne Ballast jeden Morgen erheben könnten!", murmelte Aglaia.

„Aber Aglaia", erwiderte Martin und legte seine Hände beruhigend auf ihre Schultern, „wir tragen doch nicht nur Bedrückendes mit uns, meinst du nicht? Eben jetzt, so strahlend habe ich die Sonne noch nie aufgehen sehen!"

Sie drehte sich ihm zu und lächelte glücklich.

„Komm, setzen wir uns auf die Bank, erzähl mir, wie ist es dir nachher ergangen, als wir getrennt wurden?"

„Frag mich lieber nicht, Aglaia, der Sommer, der so verheißungsvoll mit dir begonnen hatte, entwickelte sich zum bittersten Jahr meines Lebens! Zuerst gingst du ohne ein Wort von hier weg, dann starb plötzlich mein Vater. Mit seinem Tod war auch die letzte Hoffnung auf ein Studium dahin. Nur eine Frage hat mich immer wieder gequält: Was hatte ich dir angetan, dass du absolut nichts mehr von dir hören liesest?!"

Er hatte seinen Arm um sie gelegt.

„Ich habe auf dich gewartet, Martin, aber du kamst nicht. Mutter sagte, man darf nicht aufdringlich sein, schon gar nicht als Mädchen. Ich sollte warten, bis du mich abholst. Sie sah dich meistens mit einem anderen Mädchen. Sie meinte, das sei deine Freundin."

Nun war alles klar.

„Also die gutmeinenden Mütter sind es gewesen, die uns durch ihre Voreingenommenheit getrennt haben." Martin seufzte.

„Wie oft habe ich versucht, dich anzurufen und zu dir zu gelangen. Du warst unerreichbar. Ich hatte keine Freundin, das Mädchen kann nur meine Schwester gewesen sein. Wie anders hätte wohl alles verlaufen können." Bitterkeit klang aus seinen Worten.

„Martin, du darfst meiner Mutter nicht böse sein. Weißt du, sie wurde doch, wie alle Deutschen, aus Böhmen vertrieben. Dieser Marsch zur Grenze muss für sie ein entsetzliches Erlebnis gewesen sein! Seit dieser Zeit litt sie an Angstneurosen, jetzt kann ich dir das sagen. Aber dass sie alles, was sie besessen hatten, zurücklassen mussten, machte ihr weniger zu schaffen, als die Art der Behandlung, die ihnen zuteil geworden war. „Genau so, wie ihr die Juden, so behandeln wir nun euch", haben die Tschechen als Entschuldigung für ihr brutales Vorgehen zu den Deutschen gesagt. Dennoch waren es auch ihre Landsleute gewesen, die einige Zeit vorher die jüdischen Familien denunziert hatten. Die Familie meiner Mutter und auch viele andere Deutsche waren immer gut mit den Juden ausgekommen und hatten friedlich mit ihnen zusammengelebt.

Ihr Vater starb unterwegs an den entsetzlichen Strapazen. Mutter weiß bis heute nicht, wo man ihn verscharrt hat, wie so viele andere auch in irgendeinem Graben. Neid, Hass und Feindseligkeit schlug ihnen oftmals grausam von Seiten der Tschechen entgegen, mit nur einigen Ausnahmen. Sogar das Wenige, was sie mit sich tragen konnten, nahm man ihnen unterwegs noch weg. Von ihrem Verlobten, meinem Vater, hatte sie ein dünnes Goldkettchen erhalten, als er in den Krieg ziehen musste. Es wurde ihr beim Marsch durch ein Dorf von einer Frau brutal vom Hals gerissen. Die Narben sind ihr geblieben, vor allem die in ihrer Seele. Sie kam nie über diese fürchterlichen Erlebnisse hinweg."

„Wenn ich das geahnt hätte! Das war wohl auch der Grund, warum sie sich nicht gerne unter die Leute im Dorf mischte?"

„Ja, Martin, so war es, denn auch in Österreich hat man die Flüchtlinge nicht gerade mit offenen Armen aufgenommen. Monatelang ließ man sie in einem primitiven Lager an der Grenze warten. Dort brachen Epidemien aus, die vielen ohnehin geschwächten Menschen das Leben kostete, bis sich die Regierungen endlich geeinigt hatten."

„Ich dachte, sie mag mich nicht, wir waren ja auch noch so jung!"

„Das war sicher auch ein Grund, das gebe ich zu. Aber einmal, da habt ihr bei deinem Freund ein Fest gefeiert, so nahe von mir. Von meinem Dachfenster sah ich hinüber, auf den Tischen Schüsseln, Krüge und Kerzen, Lampions in den Bäumen. Ihr habt gesungen, getanzt und gelacht, so viel gelacht. Warum hast du mich nicht mit der Zille geholt? Damals wäre ich sogar gegen den Willen der Mutter mit dir gefahren, ich war so verliebt in dich. Hätte ich doch den Mut gehabt, hinüberzurufen!"

Darauf hin zog er sie an sich und küsste sie.

In diesem Augenblick zählten nur mehr diese Drei: Aglaia, die Sonne und der Strom. Was brauchte er mehr?

Ein leises Knirschen von Rädern im Sand holte ihn aus seinen Träumen zurück. Er nahm Aglaia bei der Hand und führte sie zur Bank. Dann fragte er: „Was hast du denn mit dem Oberinspektor gemacht? Ich war in Sorge, als ich dich so schnell verlassen musste."

„Aber warum denn? Ich habe ihm die Wahrheit gesagt, nach

dem Herumgerede mit dir hatte ich keine Lust mehr, etwas anderes zu erklären. War das nicht richtig? Er hat nichts Bösartiges an sich, so wie dieser Grafenauer."

„Der hat etwas gegen dich, ich habe es gemerkt. Er hat mir die Skizze, die du von Maria gemacht hast, gezeigt. Sie gefällt mir gut. Aber wie merkwürdig, dass du sie in demselben Rot gezeichnet hast wie auch die Kritzeleien auf dem Zettel Marias gemalt sind, du weißt doch, den wir zusammen gefunden haben. Hat dieser Stift Maria gehört?"

„Nein, ich weiß, es ist ein grässlich schreiendes Rot. In der Papierhandlung Harrer gab es da einmal solche Stifte im Sonderangebot, und ich hatte noch einen von ihnen in der Tasche. Dort wird ihn auch Maria gekauft haben. Sie war sich auf der Zeichnung zu wenig hübsch, enttäuscht hat sie damals das Blatt liegen lassen."

Sie hatte völlig unbefangen gesprochen. Martin war erleichtert und bedrückt zugleich, denn seine Frage war nicht so arglos gewesen, wie sie Aglaia erschienen war.

„Du bist heute so anders. Gestern, bei unserm Zusammentreffen, warst du so ängstlich und unsicher?"

Sie lachte.

„Ich bin auch erstaunt über mich, sogar Onkel Reinhold ist es schon aufgefallen. Du bist die Ursache meiner Verwandlung, du gibst mir Mut durch deine Zuneigung Martin. Schau", sie bückte sich und warf einen Stein ins Wasser, „siehst du die Ringe, die er um sich zieht? Genau so wirkt sich der erste Fehler meines Lebens aus. Die Kreise greifen weiter und weiter. Ich aber bin in ihnen gefangen wie in einem Wirbel. Es bleibt mir wohl einmal keine andere Wahl, ich muss mich überwinden, ganz tief hinunterzutauchen bis zum Grund. Nur dort kann ich der Umklammerung des Strudels entkommen. Wenn ich nicht die Kraft aufbringe, das zu tun, bleibt mein weiteres Leben sinnlos. Seit du bei mir bist, kann ich mir vorstellen, dass ich den Mut dazu finde. Aber noch ist Ehrenhausen nicht frei."

Martin erschrak. Nun musste er ihr von der schlimmen Nachricht erzählen, es blieb ihm keine andere Wahl!

„Aglaia, es muss ja nicht unbedingt zutreffen, aber ich habe erfahren, dass Ehrenhausen mit Protektion und vor allem durch gute Atteste vorzeitig entlassen worden ist. Auch wenn er geheilt wäre, sollst du nicht mehr allein in die Au gehen, darum bitte ich dich ernsthaft. Falls er sich wirklich hier aufhalten sollte, werden wir das schnell klären, das verspreche ich dir!"

Er hatte ihren Kopf in seine Hände genommen und blickte ihr eindringlich in die Augen. Zuerst zeigte Aglaia nicht die geringste Reaktion. Martin dachte, sie hätte die Mitteilung nicht verstanden. Doch mit einem Schlag wurde sie leichenblass, sie stieß ihn zurück und murmelte tonlos einige Worte. Er verstand nur:

„Nicht ich, Martin, muss mich fürchten, du bist gefährdet! Mit mir will er nur reden!" Ihr verzweifelter Blick traf ihn.

Als er ihre Hand fassen wollte, riss sie sich los und begann überlaut zu sprechen: „Lassen Sie mich in Ruhe, ich kenne Sie nicht, was wollen Sie denn von mir?" Dabei schaute sie an ihm vorbei, als spräche sie mit einem Menschen, der hinter ihm steht.

Waldner drehte sich um, doch da war niemand. Als er sich wieder ihr zuwandte, hatte sie sich schon auf ihr Rad geschwungen und hetzte davon. Jetzt hat sie die Nerven verloren, war sein erster Gedanke. Auf eine solche Reaktion war er nicht gefasst gewesen. Sie ist also doch krank, wie Zauner anfangs vermutet hatte. Dann wäre es doch auch möglich dass –, nein, diesen Gedanken verwarf er entschieden. Was sollte er tun? Voller Verzweiflung nahm er sein Fernglas und versuchte sie damit einzufangen. Gerade wenn sie krank war, durfte er sie doch in diesem Zustand nicht allein lassen! Er musste ihr folgen, ohne dass sie es merkte.

Jetzt hatte er sie im Blickfeld, hin und wieder tauchte sie zwischen dem Buschwerk auf. Nur mehr der Kopf war zu sehen, nun noch der Schimmer ihres Kleides, dann war sie ganz verschwunden. Schon wollte er aufgeben nach ihr zu schauen, da sah er plötzlich eine andere Gestalt. Ein Radfahrer in schwarzer Dress fuhr rasant in dieselbe Richtung wie zuvor Aglaia. Wo war der Mann so plötzlich hergekommen? An ihm war niemand vorbeigefahren. Auch über die Brücke nicht. Da stimmte etwas nicht, der Radfahrer musste aus dem Auwald gekommen sein.

Waldner startete, als gelte es ein Radrennen zu gewinnen. Gleich nach der Brücke kam die Wegkreuzung. Sie lag um einiges tiefer, so konnte der Mann ungesehen von Martin nur von einem der beiden Pfade, die weiter in die Au führten, gekommen sein. Martin wusste, dass Eile nötig war. Nach einigen Windungen des Weges folgte eine gerade Strecke. Hier müsste er den schwarzen Teufel sehen. Richtig, am Ende des Sträßchens war er noch zu erkennen. Rasend schnell fuhr er um die scharfe Biegung. Waldner preschte genauso schnell hinter ihm her. Spürte der andere einen Verfolger? Plötzlich schaute er zur Seite und Martin sah deutlich, wie er dabei beinahe sein Rad verriss.

Wie hätte Martin ahnen können, dass nicht er es war, der den Radfahrer erschreckte. Als Waldner diese Stelle passierte, war Jener längst in den Schatten der Bäume zurückgetreten.

Könnte ich den Kerl nur einholen, warum habe ich so lange gezögert, haderte Martin mit sich. Doch von Einholen war keine Rede mehr. In der Ferne erblickte er die schmale Gestalt Aglaias. Ein Stein fiel ihm vom Herzen. Wo aber war der Verfolger geblieben? Er musste abgebogen sein oder sich im Gebüsch versteckt haben. Waldner verlangsamte sein Tempo und achtete auf jeden Weg, der von der Straße abzweigte. In der feuchten Sanderde würden sich die Spuren abzeichnen. Da sah er auch schon eine Radspur, die auf einem mit dicken Grasbüscheln überwachsenen Pfad in unwegsames Gelände führte. Ohne Zögern folgte er ihr. Hier gab es Unmengen aller Arten von Schnecken. An den vielen schleimigen Überresten konnte er die Hast des Flüchtenden erkennen. Ein Gestrüpp von Hartriegel säumte den Weg. Martin hätte ein Buschmesser gebraucht um sich durchzuschlagen. Er blieb kurz stehen und horchte, als er unweit von sich ein Knacken und Rascheln hörte. Es entfernte sich immer weiter von ihm. Martin kämpfte sich noch mehr in das verwachsene Dunkel vor, bis ein sumpfiger Graben vor ihm lag. Der Abdruck des Radprofils führte direkt hinein und verlor sich im Wasser eines Tümpels. Da gab Waldner auf.

Aglaia war in einem verzweifelten Zustand heimgefahren. Sie nahm weder die hinter ihr herjagenden Radfahrer noch die Gestalt unter den Bäumen wahr. Auch nicht ihren Onkel, der gerade ein seltenes Exemplar eines Lucanus cervus studierte. Der Käfer saß noch steif von der Nachtkühle auf einem Eichenstamm und wartete wie die meisten Tiere auf die wärmenden Strahlen der Sonne.

Onkel Reinhold schüttelte hinter Aglaia ein wenig traurig den Kopf, dann wandte er sich wieder dem Hirschkäfer zu.

Tante Carla brauchte einige Zeit, bis sie die Aussagen Aglaias, die sich sofort in ihre Arme gestürzt hatte, begriff. Doch die Ängste ihrer Nichte, Ehrenhausen würde nun Waldner als nächstes Opfer ausersehen, teilte sie nicht.

„Der ist viel zu raffiniert, um sich mit der Polizei anzulegen, beruhige dich, mein Kind. Aber du solltest diese Alleingänge wirklich unterlassen, das ist Leichtsinn, purer Leichtsinn!"

„Ich wusste doch nichts von Philipps Freilassung! Aber ich habe ihn gestern am Abend gesehen", sagte Aglaia und erzählte auch den eigenartigen Traum. Tante Carla war beunruhigt als sie merkte, wie ergriffen Aglaia von dem mitleidsheischenden Ehrenhausen war, ließ es sich aber nicht anmerken. Sie kannte ihre Nichte nur zu gut und fürchtete mit Recht ihre barmherzigen Reaktionen.

„Martin erzählte mir, dass Philipp geheilt entlassen wurde. Es ging ihm doch auch früher nach Behandlungen besser, vielleicht will er mich wirklich nur überreden, mit ihm zurück zu gehen, was meinst du?"

Davon riet Tante Carla entschieden ab. Sie meinte, der tote Hund wäre doch der beste Beweis für Ehrenhausens Aggressivität. Sie solle sich doch um Himmels Willen nicht von einem Traum beeinflussen lassen!

„Aus irgendeinem Grund Tiere zu vergiften sind doch manche Menschen fähig! Philipp diese Tat anzulasten ist eine reine Vermutung, aber es gibt keinen Beweis.

Doch durch mein verrücktes Verhalten wird Martin nun glauben, ich hätte den Verstand verloren!" Jetzt brach sie in Tränen aus.

„Aber was sollte ich tun, ich war so in Sorge um ihn, du kannst mein kopfloses Handeln wahrscheinlich nicht verstehen, ich könnte mich ohrfeigen!"

„Beruhige dich, es wird ihn sicher rühren, dass du dich seinetwegen sorgst." Tante Carla tat alles, sie zu trösten.

„Es war zu erwarten, dass uns Philipp keine Ruhe lässt, aber nun, da die Polizei Maria sucht, muss er sich ruhig verhalten. Du darfst dich nicht zu sehr hineinsteigern, Aglaia, schone Deine Nerven, sie sind angegriffen genug", sagte sie ernst.

„Du frühstückst jetzt mit uns, aber ordentlich, dann ruhst du dich aus. Bis dahin wird Inspektor Waldner dein eigenartiges Verhalten durchschaut haben und zu uns kommen. Dann musst du ihm alles erzählen, was er aus deiner Vergangenheit wissen will. Mach reinen Tisch, das ist wichtig! Den Mordversuch an dir soll ihm Onkel Reinhold berichten, es bleibt noch genug für dich übrig. Ich bring ihn zu dir hinauf und sorge dafür, dass ihr ungestört bleibt."

Aglaia nickte wie eine brave Tochter, nippte am Tee und verzehrte mit großer Mühe unter dem besorgten Blick ihrer Tante ein Honigbrötchen.

Sie spürte nicht mehr den herrlichen Sommermorgen und zog sich bedrückt in ihr Zimmer zurück.

Nun roch der Professor den frischen Kaffee und eilte mit großem Appetit zum Frühstückstisch.

„Hm", machte er, als er alles so vorfand, wie er es wünschte, Süßes und Saures.

„Was ist denn los mit Aglaia, sie sauste wie eine wilde Hummel an mir vorbei", fragte er, während er einem Ei die Spitze abschlug. Seine Frau wirkte abwesend und lustlos. Sie horchte ständig auf das Läuten der Türglocke. Nur mit Unterbrechungen erzählte sie ihm von Aglaias Sorgen.

„Allein hätten wir es gemütlicher gehabt, Carla", jammerte er, „solche Unruhe hatten wir ohne Aglaia nicht."

„Schämst du dich nicht, Reinhold, so etwas zu sagen!", fuhr sie ihn an.

„Sie ist jetzt unser Kind, Kinder bringen immer Sorgen und Trubel in die Familie. Im Übrigen", setzte sie hinterhältig fort, „wir haben doch ganz ruhig gelebt, bis du in den Verdacht geraten bist, kleine Mädchen umzubringen. Dass man dir das überhaupt zutraut, ist doch merkwürdig. Schon in Graz habe ich mich gewundert, dass man dich mit der eigenen Nichte ins Gerede brachte. Du musst auf die Leute wie ein Lustmolch wirken." Daraufhin lächelte sie boshaft, aber liebevoll.

„Also so siehst du das, vielleicht noch als Kompliment für mich, das ist stark! Du bist eine ganz abgebrühte Person. Übrigens ist die Butter ranzig. Aber deine Marillenmarmelade ist wie immer exzellent."

„Du warst zu lange mit deinen Studien beschäftigt, da haben die ersten Sonnenstrahlen die Butter erwischt. Du musst dich eben entscheiden, ob du dich lieber den Käfern oder den leiblichen Genüssen widmen willst. Ich kann dir übrigens eine erfreuliche Mitteilung machen. Ich sah gestern bei den Heckenrosen sage und schreibe drei Cetonia aurata. Was sagst du nun? Aber lass sie ja am Leben, hörst du! Sonst müsste ich womöglich noch an deiner Unschuld zweifeln." Ihr Mann schüttelte irritiert den Kopf. Es gab kaum einen friedliebenderen Menschen als ihn. Nur eine Person hatte merkwürdigerweise von jeher furchtbare Angst vor ihm, das war Philipp Ehrenhausen.

Nun lächelte seine Frau fein und meinte: „Es wird vielleicht bald eine Zeit kommen, da Aglaia nicht mehr bei uns ist. Dann wirst du dich einsam fühlen und nach ihr und ihren hübschen Käferzeichnungen weinen."

„Wieso", brummte er irritiert, „sie wird doch nicht zu diesem Gewalttäter zurückgehen?"

„Das bestimmt nicht, vor dem müssen wir sie hüten, wie unseren Augapfel. Ich bin sicher, dass er es war, der dich angezeigt hat, auch den Hund hat er auf dem Gewissen, hoffentlich nicht auch die neugierige Maria.

Es macht mir nur Sorgen, dass sich Aglaia plötzlich vorstellen kann, mit Ehrenhausen zu ‚reden', wie sie sagt. Wir müssen auf der Hut sein, dass sie diese Idee nicht in eine spontane Handlung umsetzt."

Ihr Mann schüttelte nur den Kopf.

„Na ja, so wie wir sie kennen, wäre es ihr zuzutrauen."

„Der Camembert ist heute richtig, letzthin war er für meinen Geschmack zu reif. Du musst beim Medek in der Stellage immer weiter nach hinten greifen, da liegt der frischere."

Da lachte seine Frau laut heraus: „Sorgen und Ratschläge hast du, einfach sagenhaft!"

Er zwinkerte verlegen und reinigte sein Brille. Anscheinend wollte auch er den klaren Blick nicht verlieren, um den Zukünftigen seiner Nichte besser durchschauen zu können. Frau Burghard kicherte leise: „Ja, putz dir nur gut die Brille und überlege dir, was du sagst, wenn er um Aglaias Hand anhält."

„Um Gottes Willen, glaubst du, dass er so altmodisch ist und das wirklich macht, das wäre ja furchtbar."

In diesem Augenblick ertönte die Glocke. Verstört sprang der Professor auf und seine Brille fiel zu Boden.

„Reg dich nicht auf, Reinhold, es ist noch nicht so weit. Die beiden sind erst am Anfang. Dort, wovon wir nur mehr träumen können. Du musst ihm den Überfall auf der Uni schildern. Aglaia hat noch genug anderes zu berichten."

Da hörten sie schon Waldners Stimme und das freundliche Geplauder Terezijas.

Frau Carla lächelte wissend: „Noch eine, der er gefällt", seufzte sie verständnisvoll.

Daraufhin warf ihr Burghard einen empörten Blick zu, setzte seine zum Glück noch heil gebliebene Brille auf, wischte mit der bestickten Serviette seinen Mund ab und ging dem Inspektor würdevoll steifbeinig entgegen.

Nachdem er ihn begrüßt und in den Garten gebeten hatte, nahmen beide Herrn am Tisch neben Frau Carla Platz. Diese bot Martin Tee, Toast mit Butter und Marmelade und dazu noch frischen Schinken und Käse an, was er dankend annahm.

„Ich hätte Sie beinahe nicht erkannt, diese Raddress ist ja die reinste Verkleidung."

Martin wusste nun schon, dass das Augenzwinkern des Professors kein Zeichen von Heimlichkeit war, sondern nur eine nervöse Angewohnheit. So antwortete er:

„Ja, aber erst mit Sturzhelm und Brille. Ich fürchte, dass sie von einem gewissen Mann als Tarnkappe benützt wird. Sie entschuldigen mein frühes Kommen, aber ich habe Frau Wieland an der Donau getroffen und ich glaube, meine Mitteilung von der Freilassung ihres ehemaligen Mannes hat ihr einen Schock versetzt. Ich bin in Sorge um sie."

„Das ist sehr aufmerksam von Ihnen, Herr Inspektor", sagte Tante Carla und fuhr bekümmert fort:

„Dass sie darüber entsetzt war, ist kein Wunder. Schließlich hat er wahrlich genug angestellt. Man hätte ihn nie mehr entlassen dürfen! Aber sie ist in Angst um Sie, Herr Inspektor, das haben Sie sicher erkannt?"

Dieser nickte ein bisschen verlegen.

„Mein Mann wird Ihnen dann, wenn Sie sich gestärkt haben,

den Überfall schildern, damit Sie eine Vorstellung von diesem Wahnsinnigen haben."

Der Professor stelzte inzwischen vor ihnen auf und ab. Mit seinen Armen machte er seltsame Bewegungen, als kämpfe er wie Don Quichotte gegen Windmühlenflügel. Nachdem er noch einmal seiner Brille Hochglanz verliehen hatte, begann er endlich zu sprechen.

„Die Sache war so, Herr Inspektor: Schon vor ihrer Scheidung verschaffte ich meiner Nichte eine Stelle als Sekretärin bei mir an der Uni. Wir sahen den Jammer und versuchten sie langsam und vorsichtig aus der entsetzlichen Umklammerung des Gestörten zu lösen, ohne dass es gleich zu einer Katastrophe käme. Diese aber war, wie wir später erkannten, bei seinem Zustand unvermeidbar. Nach dem Tod ihres Kindes versuchte sie tapfer mit dem grauenhaften Ereignis fertig zu werden. Sie war sehr tüchtig und geschickt. Außerdem machte sie wunderschön naturgetreue Zeichnungen meiner Insekten.

Eines Tages, wir arbeiteten in unseren nebeneinander liegenden Räumen in der Universität, hörte ich aus ihrem Zimmer eine drohende Stimme und Aglaia verzweifelt nach mir rufen. Ich stürzte in das Sekretariat und sah mit Entsetzen Ehrenhausen, der Aglaia umklammert hielt. Als er mich sah, drehte er vollends durch und stieß ihr ein Messer in den Rücken. Sie schrie gellend auf, doch bevor er ein zweites Mal zustoßen konnte, gelang es mir, seine Hand festzuhalten. Ich versuchte, ihm das Messer mit der anderen Hand zu entreißen. Er besitzt ungeheure Kräfte. Nach einer fürchterlichen Rangelei gelang es mir endlich. Er wie ich hatten dabei unsere Hände verletzt. Mein Vorteil war meine Größe, ich überrage ihn beträchtlich.

Aglaia war blutend zusammengebrochen. Man hatte das Schreien gehört, ist mir zu Hilfe gekommen und hat die Polizei verständigt. Als die Beamten kamen, stand ich blutbefleckt mit dem Messer in der Hand vor Ehrenhausen, um ihn in Schach zu halten. Der aber tat mit offenem Mund und ängstlichem Blick völlig unschuldig. Diese Rolle hatte er schon nach dem Unfall des Kindes ganz raffiniert gespielt, wie man uns berichtete. Nicht nur das, er wies mit seinen verletzten Händen schuldzuweisend auf mich. Ich war über diese Frechheit derart erbost, dass ich gegen ihn Drohungen ausstieß, die man später zu meinem Nachteil auslegte.

So wurde ich zuerst wirklich für schuldig angesehen. Mein Verteidiger, der Bruder meiner Frau, holte mich relativ schnell aus dieser Misere. Aber man legte mir immerhin nahe, meine Professur zurückzulegen. Der Fall hatte großes Aufsehen erregt.

Aglaia hatte Glück gehabt, das Messer war am Schulterblatt abgeglitten. Sie musste, schon wegen des hohen Blutverlustes, einige Zeit im Spital verbringen. Philipp kam endlich in eine geschlossene Anstalt. Wir hofften, für immer.

Wir wollten aus Graz weg. Die Familie Ehrenhausen ist dort stark vertreten. Dieses Haus wurde uns angeboten, und Aglaia war es, die so begeistert von der Mühle schwärmte, dass wir sie erwarben. Doch nun scheint unsere Ruhe aufs Neue dahin zu sein."

Inspektor Waldner stellte noch einige Fragen. Dann führte ihn Tante Carla über eine blassgrün gestrichene Wendeltreppe ins Dachgeschoss. Es roch nach frischem Bodenwachs. Schräg einfallende Sonnenstrahlen erinnerten ihn an den Schein der Lampe in der vorigen Nacht.

Die vielen Bilder, die den Treppenaufgang schmückten, stammten sicher von Aglaia, Zeichnungen und Aquarelle. Sie zeigten eine alte Weide mit schuppigem Stamm, eine halb versunkene Zille, eine Ansicht des Hauses, doch Martin hatte keine Möglichkeit, sie länger zu betrachten.

„Aglaia wartet", meinte Frau Burghard. Er war nervös, als sie die Tür öffnete und ihn bat, einzutreten.

Als Tante Carla wieder zu ihrem Mann zurückkehrte, saß er bei seinem Schreibtisch und stierte vor sich hin. Seine undurchdringliche Miene ließ seine Frau nichts Gutes ahnen. Vorsicht, mahnte sie sich selbst, jetzt hat er schlechte Laune, da ist er unberechenbar. Während sie noch besorgt schwieg, kam schon seine erste Frage:

„Bist du der Meinung, dass ich mich richtig verhalten habe, oder hätte ich noch gewisse Dinge beichten müssen?"

„Wie meinst du das, ich finde, es war alles richtig, was du gesagt hast." Sie sprach ruhig und sachlich.

„Aber du weißt, dass ich nicht alles gesagt habe! Obendrein fragte Waldner uns zum Schluss noch einiges, aber das hast in erster Linie du beantwortet."

„Ja, aber ich habe nicht gelogen, wenn du das meinst. Ein Mensch in großer Erregung kann eben Dinge sagen oder tun, die für einen anderen unverständlich sind."

„Ich weiß ja, dass du mich und das Mädchen schützen willst. Aber bist du auch so sicher, dass Waldner nicht in erster Linie die Wahrheit über Maria herausbringen will? Wenn es ihm gelungen ist, verschwindet er auf Nimmerwiedersehen und Aglaia bleibt noch unglücklicher zurück."

Nun war seine Frau nachdenklich geworden.

„Das würde meine ganze Menschenkenntnis auf den Kopf stellen. Aber umso besser, dass wir ihm einiges vorenthielten. Deine Ohrfeige zu gestehen wäre wirklich nicht geschickt gewesen. Außerdem, um dein schlechtes Gewissen zu zerstreuen, wird ihm Aglaia, so wie ich sie kenne, alles erzählen, das ist nicht unsere Aufgabe."

„Noch etwas, Carla, ich mache mir Sorgen, du weißt schon!"

Reinhold Burghard wirkte schon etwas entspannter. Er putzte bereits seine Brille. Seine Frau runzelte fragend die Stirn.

„Er hat sich schon einige Tage nicht gemeldet. Ich weiß nicht, was los ist, ich kann ihn auch nicht suchen gehen."

„Hoffentlich ist ihm nichts zugestoßen, aber das kann ich mir fast nicht vorstellen. Ich habe die Giftkammer abgeschlossen und trage den Schlüssel bei mir. Für alle Fälle. So bist du gezwungen, mir deine ausersehenen Opfer zuerst zu zeigen. Ich will nicht wieder solche Überraschungen erleben."

Ärgerlich sprang Professor Burghard auf.

„Wie sehr ich diese Bevormundung hasse, du tust, als ob ich ein Schulbub wäre oder ein Serienmörder!"

Sie trat zu ihm hin und legte die Hand auf seine Schulter, wobei sie sich ordentlich strecken musste.

„Sei ehrlich, Reinhold, manchmal hast du von beiden etwas."

Das Bild, das sich Martin Waldner bot, als er bei Aglaia eintrat, berührte ihn sehr. Sie stand mit dem Rücken zum Fenster und sah ihm mit verweinten Augen entgegen. Martin war von Mitleid erfüllt, so, wie es Tante Carla erwartet hatte.

„Du machst Sachen, Aglaia", sagte er mehr beruhigend als vorwurfsvoll. Er ging auf sie zu, blieb aber doch eine Armlänge vor ihr stehen. Kurze Zeit war nur das Rauschen des Baches zu hören. Er hatte Mühe, ihre leise Stimme zu vernehmen:

„Kannst du mir verzeihen? Du weißt doch, dass diese Worte nicht dir galten?"

„Einige Zeit hat es ja gedauert, bis ich verstanden habe. Sie waren an Ehrenhausen gerichtet, damit er mich in Ruhe lässt; zugleich wolltest du mich vor ihm warnen."

Als sie nickte, beschwichtigte er sie:

„Mach dir keine Sorgen um mich! Nach wie vor bist du in der größeren Gefahr. Dein Onkel hat mir gerade den Hergang des damaligen Überfalls geschildert. Es ist ja grauenvoll, was du schon erleben musstest."

„Seine Krankheit ist es, die Philipp so unberechenbar macht. Er kann es nicht ertragen, mich zu verlieren. Darum stürzt er sich auf die, die seiner Meinung nach meine Zuneigung besitzen. Ich bin sicher, dass er mich damals auch nicht umbringen wollte. Onkel Reinhold war das Ziel seines Hasses, darum hat er ja nur so halbherzig zugestochen. Sprechen wollte er mit mir, mich unter Drohungen zurückholen. Wenn er tatsächlich geheilt entlassen wurde, dann bin nicht ich in Gefahr, sondern nur du, Martin, du musst mir glauben! Es könnte sein, dass er uns an der Donau beobachtet hat.

Und nun bist du zu mir gekommen, so wie ich es mir damals erträumt habe. Möchtest du dich nicht setzen, Martin? Gefällt es dir bei mir?"

„Ja, es ist ausgesprochen gemütlich, ich möchte gleich hier bleiben, was meinst du?", sagte er lächelnd.

Mit Zweifel in den Augen blickte sie ihn an.

„Darf ich mich ein wenig umschauen, nicht als Polizist, sondern als alter Freund, der etwas nachholen will?" Durch seine ruhige Art hatte sie sich endlich ein bisschen entspannt.

Das Zimmer war klein, aber hell und freundlich eingerichtet. Gerührt betrachtete er das Porträt ihrer Tochter, das einen zentralen Platz einnahm. Die sanften Farben ließen die Zartheit des Kindergesichtes besonders hervortreten. Schlüsselblumen hielt sie in der Hand, als möchte sie diese dem Betrachter des Bildes überreichen. Martin strich tröstend über Aglaias Haar und legte seinen Arm um ihre Schultern. Dann setzte er sich auf die Bank und zog sie neben sich. Er ließ ihre Hand nicht los, als er sagte:

„So, jetzt erzählst du mir, wie sich das Unglück mit Susanna zugetragen hat. Ich muss deinen ganzen Kummer wissen. Wie soll ich mich sonst mit dir und deinen, – na sagen wir: überraschenden – Einfällen auskennen?"

Aglaia musste lachen.

Erst nach einigem Zögern begann sie zu sprechen, immer bemüht, ihrer Stimme einen festen Klang zu geben:

„Susanna besuchte die Vorschule, als an ihrem Geburtstag, wie man mir später berichtet hat, plötzlich Ehrenhausen vor der Schule erschien, um sie abzuholen. Gerade an diesem Tag hatte sie etwas früher Unterrichtsschluss. Trotz meines strengen Verbotes ging sie mit ihm, denn er hatte ein kleines Fahrrad mitgebracht, das schon lange ihr sehnlichster Wunsch war. Auf schnellstem Weg fuhr er mit ihr zu einer bekannt gefährlichen Kreuzung.

Völlig unsicher im Stadtverkehr, wurde das arme Kind vom ersten Auto erfasst und in die Luft geschleudert. Susanna soll sofort tot gewesen sein. Nach vergeblichem Suchen erfuhr ich von der Polizei von dem schrecklichen Unfall. Ich sah Susanna nur mehr in der Prosektur.

Philipp spielte den verzweifelten Vater, aber ich wusste, dass er ein Mörder war. Ich verlor die Nerven, schlug auf ihn ein und zerkratzte diesem scheinheiligen Menschen das Gesicht. Daraufhin brachte man mich in eine psychiatrische Klinik, während er frei ging. An meinen schweren Depressionen litt ich noch lange. Später warf er mir das Rad ‚zur Erinnerung', wie er sagte, vor die Tür. Martin, du musst wissen, wenn ich ein Messer gehabt hätte, ich glaube, ich hätte ihn umgebracht ."

Voll Angst wartete sie auf seine Reaktion. Martin schaute sie mitfühlend an.

„Magst du mich denn noch, nach diesem Geständnis?"

„Mehr denn je, Aglaia, warum denn nicht? Glaubst du, du bist die Einzige, die in solchen Augenblicken die Nerven verliert? Was meinst du, wie viele Verzweiflungstaten ich schon erlebt habe, gerade von Müttern." Tröstend nahm er sie in die Arme.

„Alles wäre gut, wenn Philipp zur Vernunft käme."

„Durch das Verschwinden Marias müssen wir uns auch mit ihm befassen. Dann werden wir weiter sehen. Ich hoffe, dass wir dir diesen Albtraum nehmen können!"

„Wie meinst du das? Was hast du vor?" Misstrauen lag in ihrem Blick. Unsicher griff sie nach seiner Hand, als ob sie etwas von ihm erbitten wollte.

„Versteh mich recht, Martin, aber Philipp ist weder ein mieser Verbrecher, noch ein Triebmörder. Er ist krank, schizophren. Er fällt immer wieder in den Zustand der Verwirrung zurück, besonders, wenn er die Medikamente absetzt, was er leider immer wieder tut."

„Aglaia, auch Triebmörder sind krank. Viele Verbrechen werden auch von verstörten Menschen begangen. Trotzdem ist es unsere Aufgabe, sie in Gewahrsam zu nehmen, das ist doch richtig?"

„Ja, natürlich, man hat wahrscheinlich auch Philipp keinen guten Dienst erwiesen, als man ihn aus der Anstalt entlassen hat. Meiner Mutter darf ich das gar nicht mitteilen. Sie ist imstande und fährt hierher."

„Lebt deine Mutter noch?"

„Ja, in einem Altersheim in Graz. Tante Carla hat für sie einen schönen Platz gefunden. Die Mutter wollte weit genug weg von ihrer ehemaligen Heimat leben, sie hat noch immer Angst. Im Altersheim hat sie wieder Freunde gefunden und fühlt sich dort wohl und geborgen. Sie hat mich gedrängt, Graz zu verlassen. In dieser Stadt könnte ich nicht mehr glücklich werden, meinte sie. Jede Woche schreibe ich ihr einen Brief, fast wie ein Tagebuch. Ich lege kleine, lustige Zeichnungen bei, über die sie sich freuen kann. Diese zeigt sie dann ihren Freunden. So weiß sie auch, dass es mir psychisch gut geht und damit fühlt auch sie sich besser."

„Das finde ich eine gute Idee. Zeichnest du auch dich?"

„Natürlich, zum Beispiel als Irrlicht, das in der Au herumgeistert und die Leute in die Irre führt."

„Wie kommst du denn auf diese Idee? Würde dir das gefallen?"

Lag nicht noch eine unausgesprochene Frage in seinen Augen? Gerade das reizte sie, ihm zu erwidern:

„Vielleicht, Martin; auch für dich habe ich schon einen Einfall. Ich zeichne dich in Uniform, in einer Hand einen Revolver, in der anderen ein Schmetterlingsnetz. Ich tanze als Irrlicht vor dir her. Du willst mich beschützen, aber zugleich fangen. Wie gefällt dir das?" Sie lachte übermütig.

Martin freute sich über ihre Heiterkeit, die ihn an vergangene Zeiten erinnerte. Zugleich fühlte er sich durch ihren Scherz fast irritiert. Doch in ihren Augen lag nichts anderes als kindlicher Übermut. Erleichtert darüber erwiderte er, ebenfalls lachend:

„So lange du mich nicht im Moor versinkend darstellst, habe ich nichts dagegen, denn dein Einfall entspricht den Tatsachen. Aglaia, ich bitte dich, tanze nicht in der Au herum! Ich muss dich jetzt verlassen, darf ich am Nachmittag wieder vorbeikommen, oder störe ich euch?"

Im Nu war ihre Fröhlichkeit verflogen. Sie legte ihren Kopf auf seine Schulter und fuhr mit den Händen durch seinen widerborstigen Haarschopf, genau so wie damals in der Zille.

„Schade, dass du gehst! Es ist alles viel leichter, wenn du bei mir bist, dann kann ich wieder so fröhlich sein wie früher. Komm bald wieder und geh auch du nicht alleine in die Au!"

Martin glaubte, nicht richtig zu hören, aber sie meinte es ernst.

„Ich hoffe, ich finde einen Begleiter, der mich beschützt. Du hast schon Einfälle, mein Mädchen!"

Da hörten sie Lärm von unten. Ein Auto war vorgefahren, Türen wurden zugeschlagen und Rufe ertönten. Aglaia schaute aus dem Fenster:

„Die Krassnitzers sind wieder da", stellte sie fest.

„Gut, dann kann ich ihnen gleich einige Fragen stellen. Leb wohl, mein Irrlicht, und geh nicht aus dem Garten, hörst du?"

Er zog sie noch einmal ganz nah an sich heran. Dann sagte er ruhig und ohne Pathos: „Aglaia, niemand darf dir etwas antun, jetzt, wo wir wieder beisammen sind. Fröhlich sollst du sein, unbeschwert deine Späße mit mir treiben und mich gern haben."

Nach einem zärtlichen Kuss verließ er sie.

Betroffen blickte sie ihm nach. Seine so einfach gesagten Worte hatten eine größere Wirkung hinterlassen, als es jede leidenschaftliche Liebeserklärung vermocht hätte.

Die Tränen, die ihr plötzlich über die Wangen rannen, wischte sie energisch weg. Sie durfte nicht an Susanna denken, auch nicht an Philipps verzerrtes Gesicht. Martin, nur um ihn ging es!

„Das ist Inspektor Waldner, der sich sogar in seiner Freizeit mit unserem Fall beschäftigt." Mit diesen Worten führte ihn Frau Burghard ein. „Es ist das Beste, Frau Krassnitzer erzählt Ihnen selbst ihr heutiges Erlebnis."

Frau Krassnitzer war etwas älter als Aglaia. Sie sah ziemlich mitgenommen aus, als sie zu erzählen begann. Am Schluss ihres Berichtes meinte sie:

„Wenn Sie mich nach seinem Aussehen fragen, kann ich nicht viel sagen. Er trug einen Radanzug, so ähnlich wie Sie, Sturzhelm und Brille. Ach ja, das Komische war, er trug eine Gerte in der Hand, als ob er ein Reiter wäre, das fiel mir auf. Ich bin noch immer aufgeregt. Mein Mann hat mein Schreien gehört und ist sofort herbeigeeilt. Doch er hat niemanden gesehen, auch am Heimweg lief uns kein Mensch über den Weg, der diesem Kerl ähnlich gewesen wäre. So etwas ist uns noch nie passiert!"

Martin war überzeugt, dass Ehrenhausen Aglaia mit Frau Krassnitzer verwechselt hatte.

Er machte sich einige Notizen und bat Frau Krassnitzer, jene Haltung einzunehmen, die sie hatte, als der Fremde sie überfiel. Die Ähnlichkeit mit Aglaia war groß, als sie mit dem Rücken zu ihnen auf dem Boden kauerte. Die dunklen Haare taten noch ein Übriges. Auch die Burghards warfen sich einen Blick zu, den Martin zu deuten wusste. Doch er schwieg und war froh, dass Aglaia nicht anwesend war.

Dr. Krassnitzer, ein sympathischer Mann, fragte ihn, ob der Unbekannte der Mörder des Mädchens sein könnte, was Martin offen ließ. Mit den Kinderkleidern verhielt es sich so, wie Frau Burghard vermutet hatte. Martin bat das Ehepaar noch um seine Telefonnummer. Sie wollten gleich nach dem Essen zurück nach Graz fahren.

Als sich Waldner verabschiedete, bat er, Aglaia von diesem Überfall nichts zu berichten. Alle Anwesenden waren damit sehr einverstanden.

„Ist es Ihnen unangenehm, wenn ich am Nachmittag noch einmal vorbeikomme?", fragte er höflich.

„Im Gegenteil, wir freuen uns, Herr Inspektor", meinte Tante Carla.

Martin fuhr die lange Allee zurück. Auch er war nun bedrückt. Selbst das herrliche Wetter machte ihn nicht froh. Als er am Haus seines Freundes vorbeifuhr, erblickte ihn Franz, winkte und rief, er müsse zu ihnen kommen. Martin hatte seinen Helm nicht aufgesetzt und war so leicht zu erkennen. Franz tat sehr geheimnisvoll. Er lud ihn zum Essen ein, nachher müsste er ihm etwas erzählen.

Martin ließ sich gerne einladen und nahm am fröhlichen Geplauder der Kinder teil. Es gab Brathühner, Frühkartoffeln und Salat, Most aus dem Keller und Apfelsaft für die Kinder.

„Schön ist das, so ein Selbstversorger zu sein", stellte er fest.

„Ja, mir gefällt es auch, ich bin gern Bauer. Wenn durch die EU nicht zu viel Billiggemüse aus anderen Ländern auf den Markt kommt, dann verdienen wir ganz gut, und unsere Mühe auf den Feldern lohnt sich.

Du kommst von der alten Mühle, aber sehr glücklich schaust du nicht aus. Aber jetzt sind die Kinder weg, ich will dir etwas berichten. Ich bin heute sehr erschrocken, Martin. Als ich im Morgengrauen auf meinen Anstand bei der Aschach gestiegen bin, kam mir von oben ein Mann entgegen. Ich fragte ihn, was er hier tue. Glaubst du, der hätte mir eine Antwort gegeben? Er glotzte mich nur an, entschuldigte sich auch nicht und als ich sagte, dass er sich nächstes Mal seinen Rausch woanders ausschlafen sollte, wäre er mir beinahe an die Gurgel gefahren. Im Nu war er verschwunden, aber ohne Rad, er war zu Fuß unterwegs. Ein unguter Typ, dem würde ich sofort den Mord an Maria zutrauen."

Als er geendet hatte, fiel ihm erst das veränderte Aussehen seines Freundes auf. Müde und abgespannt schaute er vor sich hin.

„Ist etwas, fühlst du dich nicht wohl, habe ich etwas Dummes gesagt?"

„Nein, nein", erwiderte Martin und riss sich zusammen. „Ich habe in den letzten Tagen fast nichts geschlafen. Jetzt, nach eurem guten Essen, bin ich auf einmal furchtbar müde. Hat der Mann einen Bart gehabt?"

Franz schüttelte verneinend den Kopf.

„Franz, lass deine Familie nicht in die Au. Das ist ein gestörter Typ, dem ist alles Mögliche zuzutrauen. Wir werden etwas unternehmen, aber halt den Mund, gelt! Hast du einen Liegestuhl oder eine Decke, ich kann mich fast nicht mehr auf den Füssen halten."

Franz führte seinen Freund in eine ruhige Ecke. Dort streckte sich Waldner aufatmend aus und war im Nu eingeschlafen.

Erfrischt wachte er nach einer halben Stunde auf. Er bedankte sich noch herzlich und fuhr nun zu Marias Freunden, Andreas und Sabine.

Diesmal waren auch ihre Eltern daheim und ließen Martin nicht so schnell wieder gehen. Ein Glas Most musste er auf alle Fälle mit ihnen trinken. Nachdem er ihnen erklärt hatte, warum er Andi kurz entführe, wussten sie nicht recht, ob sie stolz oder besorgt sein sollten. Doch sie vertrauten ihrem alten Freund.

So fuhren Inspektor Waldner und Andreas Grubauer mit den Rädern in die Au. Andreas gab den Weg an. Da war die alte Hofau, die früher einmal zur Herrschaft Starhemberg gehört hatte. Hier wurde das Gelände immer wilder und unzugänglicher, besonders zwischen den beiden Bächen, die sich fast parallel entlang schlängelten. Wo die Sonne noch durchkam, hatte sich das Springkraut höher als so mancher Busch entwickelt. Auch die Stauden der Brennnesseln standen ihm in keiner Weise nach. Andreas bewegte sich wie ein Indianer auf dem Kriegspfad, behände und lautlos. Auch Martin hatte einstmals jeden Weg gekannt. Doch der Bewuchs hatte sich stark verändert.

Nun kamen sie zu den großen Trichtern, die in den letzten Tagen des Zweiten Weltkrieges von abgeworfenen Bomben geschlagen worden waren. Notabwurf, sagte ein alter Flieger.

Bis hierher waren sie mit ihren Rädern so recht und schlecht durchgekommen. Nun machten sie es wie Maria und versteckten sie abgesperrt im Buschwerk. Martin prägte sich den Platz gut ein. Er bedauerte wiederum, seine Dienstwaffe nicht mitgenommen zu haben, vor allem wegen der Verantwortung für den Buben. Andi zeigte beim Weitergehen keine Unsicherheit. Plötzlich blieb er stehen und flüsterte:

„Da vorne beim Wasser, in der Mulde, da müsste das Zelt stehen. Ich steig auf diesen Felbernschädel, da sieht mich niemand, ich aber sehe alles."

Geschickt kletterte er auf den Kopf der Weide und war im Nu hinter den Ruten verschwunden.

„Wenn du dich fürchtest, pfeifst du laut", sagte Martin leise zu ihm hinauf, bevor er sich an die angegebene Stelle heranpirschte.

Wie still es da war. Nur das Wasser, das hier schneller lief, hörte man glucksen. Hinter einer vermorschten Weide mit ihrem durchlöchertem Stamm blieb er stehen. Er war der angegebenen Stelle schon ganz nahe. Da knackste ein dürres Ästchen unter seinem Fuß.

„Verdammt", dachte er, das wäre ihm als Bub nie passiert. Doch es rührte sich weiter nichts. In der Deckung durch die Weide konnte er den Platz gut überblicken. Er war geschickt ausgewählt, schien aber verlassen zu sein. Weder ein Zelt, noch ein Rad, noch ein Mensch waren zu sehen.

Martin wartete eine Weile, bis er vorsichtig hinter seinem Versteck hervortrat. Da ein Pfiff, war das Andreas? Nein, es war das

Düdlio eines Pirols. Martin war nervös. Trotzdem untersuchte er dieses verlassene Lager ganz genau. Es erwies sich tatsächlich als ehemaliger Zeltplatz Ehrenhausens. Das konnte er mit Bestimmtheit feststellen, da überall Zigarettenstummeln herum lagen. Sogar eine kleine Feuerstelle war vorhanden. Die Asche war kalt, also war Ehrenhausen schon längere Zeit fort. Er konnte gut erkennen, wo das Zelt gestanden war, denn das niedergedrückte Gras verriet es. Auch Radspuren fand Martin zur Genüge. Hinter den Brennnesseln lagen leere Konservendosen, Bierflaschen, auch ein abgebrochenes Messer. Ein schöner Umweltschützer! Sorgfältig wickelte Martin Zigarettenreste und das Messer in ein Papiertaschentuch und versenkte es in einem Nylonsack.

Nachdem er nichts weiter entdeckt hatte, ging er zu Andi zurück.

„Der Vogel ist ausgeflogen, da gibts kein Geld mehr, aber wir holen jetzt Sabine und ihr kriegt euer Eis."

Auf der Rückfahrt wählte Martin einen anderen Weg. Er wollte wieder den Platz mit den großen Espen und Eschen sehen.

Der war noch genauso schön wie siebzehn Jahre zuvor. Im kleinen Graben davor plätscherte das Bächlein, das auch im Winter nie zufror. Hier musste eine warme Quelle aus der Tiefe emporsteigen. Darum zogen manche Fische aus der Donau zum Laichen hierher. Wie schön die Obstwiese daneben immer im Frühling war, blau von Vergissmeinnicht und Traubenhyazinthen. Sogar an einem Tag wie heute spürte Martin den Zauber, der über diesem Ort lag.

Nun fuhr er mit Andi entlang des neuen Bachbettes der Aschach. Mittlerweile war es im windgeschützten Auwald sommerlich schwül geworden. Da stoppte Andreas plötzlich und trat aufgeregt zu Waldner. Flüsternd sagte er zu ihm:

„Herr Inspektor, sehen Sie den Fischer dort unten, den Mann mit dem Bart? Das ist ein Freund von Maria, sie hat ihn im Wirtshaus kennen gelernt, als sie ihren Opa abholen musste. Er ist immer betrunken. Seit es warm ist, treibt er sich in unserer Gegend herum."

„Was sagst du da? Warum hast du mir das nicht schon früher erzählt? Schon gut, die Hauptsache ist, dass du mich jetzt aufmerksam auf ihn gemacht hast. Darf denn der hier fischen?"

„Nein, bestimmt nicht, der hat doch kein Geld!"

„Den muss ich mir anschauen! Bleib hier stehen und bewache unsere Räder."

Martin näherte sich leise dem Mann. Dieser lehnte mit dem Rücken an einem Baum und schien zu schlafen. In einiger Entfernung hatte er eine primitive Angel befestigt. Neben ihm lag eine verschmutzte Decke, darauf eine leere Cognacflasche. Erstaunlicherweise nicht gerade die billigste Sorte. Aus einem alten Radkorb schaute der Hals einer Rotweinflasche, über die ein fleckiges Taschentuch gebreitet war.

Ein Sandler, dachte Martin, ein armer Kerl. Der Mann war vollkommen heruntergekommen. Strähne von ungepflegten Haaren hingen um seinen Kopf und graue Bartstoppeln bedeckten Kinn und Wangen. Sicherheitsnadeln ersetzten die Knöpfe seines zerrissenen Hemdes, und auch seine ausgefranste Hose war in einem unbeschreiblichen Zustand. Er hatte sie mit einem speckigen Lederriemen zusammengebunden. Sein löchriger Hut war ihm über die Augen gerutscht. Aber er fühlte sich trotzdem wohl, sein zufriedenes Schnarchen zeigte es. Martin lüpfte das Taschentuch im Korb.

„Nicht zu glauben", wunderte er sich lauthals. Doch der Sandler rührte sich auch jetzt nicht. Da legte Waldner die Hand auf seinen Arm und rüttelte heftig.

„He, kann man denn nicht einmal in Ruhe schlafen", drang ein unwilliges Grunzen unter dem Hut hervor. Er schien völlig betrunken zu sein.

„Nein, jetzt nicht, weil ich Sie etwas fragen will. Zeigen Sie mir Ihre Bewilligung zum Fischen!"

Das weckte ihn.

„Wer sagt denn, dass ich fische? Die Angel da drüben, die ist nicht von mir, ich soll nur aufpassen, wenn etwas beißt, bis er wiederkommt. Sinds nicht gar so streng mit einem Kollegen, zu mindest mit einem ehemaligen, Herr Inspektor."

Jetzt schob er den Hut zurück und blitzblaue Augen beobachteten Martin verschlagen. Hellwach war er und überhaupt nicht verschlafen. Martin blieb die Luft weg.

„Was reden Sie da, wieso wissen Sie, dass ich Polizist bin?"

„Täten Sie mich denn sonst kontrollieren, he? Aber geh, das riecht man ja förmlich, wissens, ich war zu lange bei der Firma, da kenn ich mich aus. Ist das nicht ein ideales Platzerl zum Schlafen, so schön hab ich geträumt und Sie wecken mich auf, unbarmherzig sinds, die Kollegen. Ob ich auch einmal so hart war?"

„Es tut mir Leid, aber zeigen Sie mir bitte die Papiere. Sie wollen doch nicht behaupten, dass Sie einmal bei der Polizei waren?"

„Na und ob, merkens das denn net? Leider, das stimmt schon, was ich sag. Ein schneidiger Bursch war ich, kann ich Ihnen sagen, nur hab ich einmal einen fast erschlagen. Die Weiber und der Alkohol waren schuld, dass ich nimmer bei euch bin, ihr Hadrawacheln ihr!"

Da konnte der Inspektor bei allem Ernst nicht anders als lachen.

„Ha, das gfallt mir, das ist einer von der Partie, die noch lachen kann. Passens gut auf, dass es Ihnen nicht vergeht, so wie mir!"

„Ja ja, wenn ich Sie so anschau, könnt das schon sein. Also Anton Zibermayr heißens, keinen festen Wohnsitz habens, was, fünfzig Jahre sinds erst alt und arbeiten tuns auch nichts. Das ist eine schöne Geschichte! Von was leben Sie denn, wo habens denn den teuren Cognac her?"

Während des Gesprächs hatte sich der neugierige Andreas herangepirscht. Er zupfte Martin am Ärmel und flüsterte ihm zu:

„Das Körberl kenn ich, das gehört der Maria. Ganz bestimmt, es hat einen verfärbten Fleck auf der Seite."

Misstrauisch beäugte Zibermayr den Buben.

„Was flüstert denn der, wem ghört was? Alles ghört mir, alles hab ich gfunden in der Au. Leben tu ich von meiner Rente, ich bin ein Frührentner. Das, was drüber ist, das fallt mir so zu, ich bin eben ein Glückskind, nur bei den Frauen nicht, diesen Ludern."

„Herr Zibermayr, kennen Sie die Maria Unterstrasser?" Jetzt war der Spaß aus Waldner gewichen. Der Mann spürte das.

„Eine Unterstrasser kenn ich nicht, nein!"

„Wieso haben Sie dann ihren Fahrradkorb neben sich?"

Zibermayr hatte sich nun aufgesetzt. Er schob den Hut auf den Hinterkopf und schaute in dieselbe Richtung wie Martin und Andreas, in die Richtung des Fahrradkorbes. Er machte seine Augen einige Male theatralisch auf und zu, als sähe er den Korb zum ersten Mal. Dann blickte er verschlagen auf Martin Waldner. Durch seine in vielen Jahren erworbene Menschenkenntnis erkannte er sofort dessen Gutherzigkeit.

„Sie werden es mir nicht glauben, aber es ist wirklich so, ich hab das Körberl irgendwo gefunden."

„So, den Cognac, den Rotwein, die Taschenlampe und das Fernglas auch?"

„Wieso wissens denn das, jessas, ja, die Lampe hat mir jemand geschenkt, der Feldstecher, der ist unter einem Baum gelegen, bei einem Jägersitz, den Schnaps und die Konserven hat wer vergessen, der einmal gezeltet hat in der Au."

„So, wie hat denn der ausgeschaut?"

„Uijegerl, da hab ich keine Ahnung mehr."

„Also, die Unterstrasser kennen Sie nicht, aber vielleicht ein Mädchen, zirka zwölf Jahre alt, mit halblangen, blonden Haaren und blauen Augen, die gerne Rad fährt und Maria heißt. Im Gasthaus haben Sie sie getroffen, als sie den Großvater abgeholt hat. Leugnen Sie es nicht, wir wissen es genau! Es ist ernst, Herr Kollege, das Mädchen ist nämlich seit ein paar Tagen verschwunden."

Jetzt fiel Zibermayr der Kinnladen herab. Er wurde bleich und seine Ruhe war dahin. Ängstlich schaute er auf Martin, und seine Hände machten ein paar fahrige Bewegungen. Dann wollte er aufstehen, was ihm erst gelang, als ihm Martin Waldner die Hand reichte.

„Danke, Herr Inspektor, entschuldigens, ich hab ein bissl über den Durst getrunken, sehns eh, aber weils gar so heiß war. Mit dem Verschwinden von dem Mädel hab ich nichts zu tun, aber kennen tu ich sie schon. Darum hat sie mir nichts mehr eingelegt, ich hab mich schon gewundert."

„Wann haben Sie das Mädchen denn zum letzten Mal gesehen? Und was hat sie Ihnen eingelegt?"

„Ich glaub, so vor einer Woche, oder können auch vier oder fünf Tage gwesen sein, dass sie mir eine Flasche Most gebracht hat, von daheim. Sie ist ein braves Dirndl, die hat ein gutes Herz, der hätt ich doch nichts antun können."

Waldner war erstaunt über das, was er da hörte. Wenn es überhaupt stimmte, aber warum nicht? Die freche, neugierige und durchtriebene Maria hatte auch ihre guten Seiten und wirklich vor nichts und niemandem Angst. Allerhand! Maria stieg in der Achtung Martins. Zibermayr bemühte sich nun um eine bessere Ausdrucksweise:

„Sie müssen mir glauben, Herr Inspektor, ich weiß, ein Sandler ist nichts wert, ein ‚Abschaum der Gesellschaft', so heißt es doch. Aber wir haben auch noch ein Herz im Leib, ein Kind umbringen, nein Herr Inspektor, so weit bin ich ja doch noch nicht!"

Waldner zog sich einige Schritte zurück, zückte sein Handy und berichtete seinem Chef. Dieser war höchst überrascht und konnte sich tatsächlich an Zibermayr erinnern. Als dieser einmal früher vom Dienst heimkam und seinen Freund bei seiner Frau im Bett erwischte, hätte er den Mann beinahe erschlagen.

„Waldner, Sie müssen ihn festnehmen, holen Sie sich die Beamten von Eferding, es geht nicht anders, bis wir ihn genau überprüft haben."

Nachdem Martin seine Anordnungen getroffen hatte, sagte er: „Nun, Herr Zibermayr, Sie werden mein Gespräch gehört haben. Es tut mir Leid, aber es ist das Beste, wenn Sie freiwillig mit mir gehen. Bei der Brücke werden wir erwartet. Ich muss Sie leider festnehmen. Wo schlafen Sie denn sonst? Soll ich Ihnen noch etwas holen, oder haben Sie alles bei sich?"

„Was ich brauch, hab ich bei mir, die Decke, den Korb, da hat sie mir immer die Schuljause hineingsteckt, auf einem gwissen Baum, wissens, Herr Inspektor. Sie wird sonst zu dick, hat sie zu mir gsagt. Das Dirndl umbringen, na so was, auch in einem Rausch, ja, ja, ich komm eh schon, ich weiß eh, dass davonrennen nichts nützt."

Schwankend trabte er vor ihnen her. Andi und Martin wickelten seine Klamotten in die Decke und banden sie auf Martins Rad.

Der Sandler freute sich: „Heut brauch ich net einmal mein Klumpert tragen, heut gehts ma guat!"

Bei der Brücke über die Aschach wartete schon ein Auto mit zwei Gendarmen. Die schauten erstaunt, als die drei auftauchten. Inspektor Waldner bat sie, den Häftling gut zu behandeln und ihm Bier und ein warmes Essen zu besorgen. Morgen würde ihn Oberinspektor Zauner verhören.

„Lebens wohl, Herr Kollege, für heute haben Sie wenigstens eine trockene Nacht, ich glaube, es kommt ein Gewitter. Noch eine Frage: Ist Ihnen in der Au ein Radfahrer untergekommen, eine schwarze Dress tragt er meistens und einen Sturzhelm. Er hat auch ein Zelt aufgestellt und raucht ununterbrochen, übrigens dieselben Zigaretten, die Sie im Körberl haben."

Waldner merkte, wie der Sandler augenblicklich stocknüchtern wurde. Er stieg ins Auto ein und tat zuerst so, als hätte er nichts gehört. Dann beugte er sich aus dem Fenster, blickte um sich und flüsterte dann Martin ins Ohr:

„Ehrlich, Herr Inspektor, von dem hab ich den Cognac und die Zigaretten. Ja, da rennen mehrere solche Narren herum, aber auf den müssens aufpassen, besonders heut, weil – na ja. Das sag ich nur Ihnen, weil's anständig mit mir waren."

Jetzt wurde Martin neugierig: „Und von wem haben Sie den Rotwein?"

„Ach, das tät Ihnen so passen, das ist jemand, von dem man nur träumen kann, im Rausch, in Wirklichkeit gibts so was gar net. Sehns, so hat der Alkohol auch was Guats, wenigstens für mich. Alles Gute, Herr Kollege, vielleicht sehn ma uns wieder!"

Als das Auto schon längst entschwunden war, standen der Inspektor und Andreas noch lange gedankenvoll da.

„Andi, was glaubst du, könnte der ein Mörder sein?"

Andreas wusste nicht, was er sagen sollte. Er bekam feuchte Augen und gleichzeitig schämte er sich dafür. Erst beim Konditor kehrte seine Unbefangenheit zurück.

Nachdem Martin die Kinder heimgebracht hatte, wollte er sich noch das von den Donaukraftwerken angelegte Biotop ansehen. Es schien ein ausgezeichnetes Versteck zu sein. Ein Schild mit „Betreten verboten!" war zwar angebracht, doch genügend Spuren bewiesen, dass man sich nicht daran hielt.

Ein schmaler Arm der Donau machte den äußeren Teil der Anlage zu einer Halbinsel. Dazwischen, in einem Tümpel unter überhängenden Zweigen, lag ein Schlauchboot mit Außenbordmotor. Es war leer. Waldner konnte sich vorstellen, dass Ehrenhausen nun sein Zelt auf der anderen Seite der Donau bei Feldkirchen aufgebaut hatte, nachdem er von Andi aufgestöbert worden war, und anscheinend auch von Zibermayr. Mit dem Boot konnte er den Strom leicht überqueren.

Doch Martin wartete vergebens auf ihn. So entschloss er sich, zu den Unterstrassers zu fahren. Er hatte gestern keinen Anruf von ihnen bekommen. Doch es war niemand daheim, nur der Hund bellte hinter der geschlossenen Tür.

Also fahre ich zur alten Mühle, sagte er sich und diese Entscheidung beflügelte ihn. Vorher jedoch schritt er noch das Unterholz hinter der Bank ab, auf der Aglaia gerne saß, fand aber nichts Verdächtiges. Erst dann erlaubte er sich endlich am Gartentor zu läuten. Professor Burghard persönlich ließ ihn ein.

„Kommen Sie nur, Inspektor, gleich gibt es Tee und Kuchen, wir sind alle im Garten und freuen uns über Ihren Besuch. Gibt es etwas Neues?"

Zuerst bat ihn Martin dringlich, Aglaia auf keinen Fall zu erlauben, den Garten zu verlassen.

„Ich habe das Gefühl, Ehrenhausen wird unruhig, er spürt, dass wir hinter ihm her sind. Rufen Sie mich zu jeder Tages- und Nachtzeit an, wenn etwas Unvorhergesehenes passieren sollte."

Der Professor schüttelte verzweifelt den Kopf.

„Das arme Kind", murmelte er, „aber wir wollen vor ihr nicht darüber sprechen, ihre Nerven sind in sehr schlechtem Zustand, nicht wahr, Inspektor?"

Dieser nickte und folgte dem alten Herrn in den Garten.

Ich setze mich nun gemütlich mit Leuten zusammen, die eigentlich alle im Verdacht stehen, mit Marias Verschwinden etwas zu tun zu haben, dachte er.

Einen Augenblick blieb er stehen, um das Bild, das sich ihm bot, zu betrachten: Auf dem großen Tisch hatte Burghard sein Mikroskop aufgebaut, an dem er arbeitete. Seine Frau lag lesend in einem grün gestreiften Liegestuhl, Terezija schrieb einen Brief und Aglaia zeichnete. Überrascht hob sie den Kopf, als sie Martin sah. Mit seinem Kommen hatte sie nicht mehr gerechnet. Er dachte wieder an Zauner und musste lächeln.

„Was ist, Martin, lachst du über meine Libelle?"

„Im Gegenteil, ich fürchte, sie wird dir jeden Moment davon schwirren, so echt hast du sie gezeichnet."

Alle lachten, nur Onkel Reinhold protestierte grinsend: „Halt sie fest, ich brauche sie dringend für meine Arbeit!"

Tante Carla brachte Tee und Erdbeerkuchen mit Schlagobers, Terezija stellte den kleinen Gartentisch auf und holte Tischtuch, Tassen, Löffel, Milch und Zucker. In die Mitte des Tisches kam die Vase mit den Sommerblumen, auch auf die hübschen Servietten vergaß man nicht.

Martin unterhielt sich mit dem Professor über dessen Forschungsarbeit. Dieser war erstaunt über sein großes Interesse.

Endlich war Aglaia mit ihrer Zeichnung fertig und setzte sich zu ihnen.

„Hast du dem Herrn Inspektor schon dein Atelier gezeigt? Das wird Sie sicher interessieren", wandte sich Frau Burghard an Waldner.

„Oberinspektor Zauner äußerte sich gestern sehr begeistert. Auch Ihr Kollege stöberte lange Zeit herum."

„Ja der, er hat Marias Bild entdeckt und hoffte, noch anderes zu finden. Ich weiß eigentlich nicht, was dahinter steckte, aber naja." Aglaia hatte den Satz abgebrochen. Sie wirkte nicht mehr so fröhlich wie am Vormittag. Martin spürte immer wieder ihre Augen ernst auf sich ruhen.

„Man hat mir Marias Bild gestern gezeigt. Es ist so lebendig, dass man das Mädchen vor sich hat, ohne es zu kennen."

Aglaia lächelte ihm erfreut zu.

Martin behagte es hier. Er genoss den wenig dressierten, naturnahen Garten. Aber nicht nur an dem lag es, dass man sich wohl fühlte. Es waren die Menschen, die diese Atmosphäre schufen.

„Nun, weil wir schon so gemütlich beisammensitzen, wollen wir noch ein Gläschen Wein trinken", meinte Burghard gut gelaunt und stellte eine Flasche Dingac und fünf Gläser auf den Tisch.

„Unsere liebe Terezija sorgt immer wieder für Nachschub, wenn sie vom Urlaub aus der Heimat zurückkommt. Darum wollen wir den ersten Schluck auf sie trinken", sagte er, schenkte ein und hob sein Glas. Terezija freute sich, so bedankt zu werden und sie prosteten einander zu.

Doch in Martin war ein Verdacht aufgestiegen. Die Flasche Dingac in Zibermayrs Körbchen! Wie hatte er sich ausgedrückt, als er ihn danach gefragt hatte?

„Es ist jemand, von dem man nur träumen kann!" Von Aglaia hatte er den Wein bekommen, ganz klar. Warum hatte sie das getan? Wollte sie ihn bestechen? Im nächsten Augenblick schämte er sich über diesen Gedanken. Mitleid würde doch viel besser zu ihr passen. Wie habe ich mich meinem Beruf schon angepasst! Sogar bei der Frau, die ich liebe, denke ich zuerst negativ. Wie sollte da ein Zusammenleben gutgehen? Der Gedanke trieb ihm die Röte ins Gesicht und Schweißtropfen standen auf seiner Stirn. Als er zu Aglaia schaute, lag eine Frage in ihrem Blick. Konnte sie Gedanken lesen?

Er mischte sich hastig, aber noch immer verwirrt, möglichst unbefangen in das Gespräch. Sie plauderten über unverfängliche Begebenheiten aus dem Dorf. Aglaia brachte die Rede auf Martins Großmutter.

Er erzählte gerne von ihrem harten Schicksal und wie sie doch ihr Leben gemeistert hatte. Er sprach auch davon, wie beliebt das Fahren mit der Zille auf der Aschach bei den Eferdingern einmal gewesen war. Einige Bauern und Fischer, auch die Großeltern von Franz, vermieteten die Boote. Vor dem Zweiten Weltkrieg waren die Zeiten besonders schlecht und jeder trachtete, ein Zubrot zu verdienen. Die Gewässer waren bei weitem nicht so verschlammt und verwachsen wie jetzt.

Man war der Meinung, wegen seines großen Eisengehalts sei das Baden in diesem Wasser besonders gesund. Als Umziehraum stellten die Bootsvermieter zum Teil sogar ihre Schlafzimmer zur Verfügung. Eine gemähte Wiese direkt neben der Aschach war Spiel- und Liegeplatz. Die meisten Erholungssuchenden fuhren natürlich mit den Rädern, wenn sie nicht zu Fuß kamen. Wer hatte damals schon ein Auto! Auch für eine gute Jause sorgten die Bauern.

Martin erzählte auch vom großen Hochwasser im Jahre 1954, von dem seine Eltern immer wieder berichtet hatten. Die Leute hatten Schreckliches erlebt. Nach tagelangen Regenfällen, man glaubte schon an eine Sintflut, traten die Bäche aus ihren Ufern, zuletzt noch die Donau.

Die reißenden Wasserfluten überschwemmten blitzschnell die Ebenen und drangen bis zur Stadt Eferding vor. Die Bewohner der eingeschlossenen Häuser in den Niederungen flüchteten mit den Tieren auf die Dachböden. Sie waren nur mehr mit Booten zu erreichen. Doch selbst das war in der starken Strömung der nicht mehr zu bändigenden Donau gefährlich. Mutige Männer, allen voran die der Feuerwehr, versorgten die Hilflosen mit dem Nötigsten und holten die Kranken in die Stadt. Viele der alten Fischerhäuser wurden damals zerstört.

Selbst die Straße entlang des Kürnberger Waldes nach Linz war unbefahrbar. Alles, was man ihr abgerungen hatte, holte sich die Donau zumindest für einige Tage wieder zurück. Sie zeigte so den Menschen, welche Kräfte in ihr lagen und wie jämmerlich hilflos alle hier lebenden Wesen ihrer Gewalt ausgeliefert waren. Heute klingen diese Berichte fast wie ein Märchen, doch die Alten warnen. Sie sind überzeugt, dass irgendwann wieder einmal der Strom seine Zwangsjacke sprengen wird.

Da war nun des Fragens kein Ende. Sie waren einer Meinung, Martin müsste ihnen noch oft vom früheren Leben in seiner Heimat erzählen.

„Aglaia, der Tag verrinnt, du solltest deine Bilder zeigen, so lange noch gutes Licht im Atelier ist. Du bist so still, fühlst du dich nicht wohl?“ Der Aufmerksamkeit Frau Burghards entging nichts.

„Es ist nichts, Tante Carla, mach dir keine Sorgen. Komm, Martin, ich bin neugierig, was du zu meinen Bildern sagst.“

Vom Turmzimmer hatte man einen weiten Blick über Wiesen und Felder, Bäume und Bäche. Um diese Jahreszeit sah man nur

Grün in allen Schattierungen. Der Schwall des Wassers am Wehr, der bis zu ihnen dröhnte, ließ das Gefühl entstehen, selbst mitten drinnen in diesem grünen Meer zu stehen. Das war seltsam. Martin blieb stehen, schaute und horchte. Dann wandte er sich Aglaias Bildern zu.

„Diese Blätter entstanden, als ich sehr unglücklich war. Darum sind sie in so düsteren Farben gemalt. Das Malen hat mir über vieles hinweggeholfen. Aber hier, siehst du, diese sind schon in der Mühle entstanden, erkennst du den Unterschied? Die Sonne, das Wasser, die Pflanzen, die haben mich wieder frei gemacht."

„Deine Blumen leben noch, da, diese von der Sonne durchleuchteten Iris, hier, die Seerosen, wie wir sie damals erlebt haben, das Wasser spiegelt ihre Farbe wider. Du hast die Gabe, auch das Innenleben der Pflanzen zu erkennen und malen zu können. Wahrscheinlich, weil dir nicht nur die Blüte, sondern die ganze Pflanze als Lebewesen nahe steht. Du bist ausgesprochen begabt, das sehe auch ich als Laie und nicht nur weil ich dich liebe, Aglaia."

Sie schloss das Fenster und fragte: „Martin, was war erst mit dir, war dir nicht gut?"

Er lachte ein bisschen verlegen.

„Vor dir kann man noch weniger verheimlichen als vor deiner Tante. Gestehe, Liebste, du hast einem fremden Mann, noch dazu einem Sandler, eine Flasche Dingac geschenkt. Muss ich eifersüchtig sein?"

„Unterstell mir das ja nicht, Martin, ich habe so unter der Eifersucht gelitten, dass ich schon das Wort nicht ertragen kann! Aber es stimmt, ich habe ihm eine Flasche Wein geschenkt. Wieso weißt du das? Hätte ich das nicht tun dürfen oder spionierst du mir nach? Und warum regst du dich darüber auf?" Sie war misstrauisch, mit Recht, gestand er sich ein.

„Nein Aglaia, ich spioniere dir nicht nach. Ich traf den Mann rein zufällig und fragte ihn nach Maria. Da sah ich eine Flasche

Dingac bei ihm und wunderte mich. Nach meiner Frage, von wem er sie hätte, sagte er verklärt, von jemandem, von dem man nur träumen könne. Ich habe da schon an dich gedacht. Als ich den Rotwein bei euch sah, hatte ich die Bestätigung. Denn wer könnte es schon sein, von der man nur träumen kann?“

„Hat er das wirklich gesagt? Ich habe mich gewundert, immer wenn ich an der Donau saß, kam auch er daher, manchmal betrunken, aber nicht immer. Ich habe mich gut mit ihm unterhalten. Mich wundert nur, wieso er die Flasche noch nicht ausgetrunken hat.“

„Ich glaube, ich weiß es, Aglaia.“

„Ist es das, was dich stört? Vielleicht hast du recht, er war immer sehr traurig, wenn ich heimgefahren bin, er hat mich auch oft begleitet oder mir lange nachgeschaut, eigenartig, nicht wahr?“

„Warum sollte ein Sandler nicht schwärmen und lieben? Es ist doch das einzige, was er noch hat, woran er nicht schwer trägt und was ihm auch niemand wegnehmen kann.“

„Du hast Recht, was ist er doch für ein glücklicher Mensch. Das Letzte, von dem du sprachst, das wünschte ich mir auch von dir.“

„Wer sollte mich dir wegnehmen?“ Sie drehte den Kopf zur Seite, um ihn nicht anschauen zu müssen.

„Solange Maria nicht gefunden wird, ist sie es, die zwischen uns steht. Du wirst mir immer zwiespältig in die Augen schauen und jede Kleinigkeit wird dich, gegen deinen Willen, erschrecken. Ich könnte das Wechselspiel zwischen Liebe und Misstrauen nicht ertragen.“

Martin wollte sie verstört unterbrechen. Doch sie ließ es nicht zu.

„Sollte aber mein ehemaliger Mann nicht zur Vernunft kommen, wird er dir nach dem Leben trachten. Nachdem du heute weggegangen bist, habe ich über uns nachgedacht. Ich will dir nicht wie ein Irrlicht etwas vorgaukeln. Du bist der Mann, der einzige, den ich wirklich liebe. Sollte dir etwas durch Ehrenhausen zustoßen, hätte das Leben keinen Sinn mehr für mich."

Erschrocken nahm er ihre kalten Hände in seine und erwiderte:

„Aber Aglaia, was sagst du da, ich wünsche nichts anderes, als dass wir beide für immer beisammen bleiben. Wieso hast du plötzlich so negative Gedanken ? Ich verstehe das nicht, habe ich dich gekränkt?"

„Nein, Martin, aber so schön es auch wäre, ich fürchte, es ist zu spät. Wir meinten, wir könnten dort fortsetzen, wo man uns auseinandergerissen hat. Das war eine Illusion. Ich bin kein Kind mehr und weiß, dass ein Zusammensein nur von Dauer sein kann, wenn man einander vollkommen vertraut. Das ist es, was uns fehlt. Zu viel Ungeklärtes steht zwischen uns. Es würde unsere Liebe zu bald zerstören. Ich versuche dich zu verstehen, aber auch du kannst über deine Aufgabe als Polizist nicht hinwegsehen.

Martin, eine kleine Hoffnung habe ich noch, dass sich vielleicht noch alles zum Guten wendet. Aber bevor ich mein altes Leben nicht in Ordnung gebracht habe, kann ich kein neues beginnen. Es macht mich krank, andere Menschen durch meinen ehemaligen Mann in Gefahr zu sehen, denn die Ursache bin doch ich, das verstehst du doch?"

Martins Aufbegehren ließ sie müde und widerstandslos über sich ergehen. Sie senkte nur traurig den Kopf. Sein Überredenwollen prallte ab. Seine Küsse erwiderte sie verzweifelt.

„Du musst fahren, solang es noch hell ist", mahnte sie beunruhigt. Beinahe wollte er ihr jetzt von der morgigen Fahndung erzählen. Doch Zauners Warnung lag noch in seinen Ohren und so schwieg er.

„Morgen wird alles anders aussehen", tröstete er sie und sich.

Bevor er das Turmzimmer verließ, blickte er noch einmal zurück. Aglaia saß völlig teilnahmslos inmitten ihrer Bilder. Sie starrte zum Fenster, als käme ihr von dort Hilfe. Dunkle Ringe lagen um ihre Augen und in ihrer ganzen Haltung lag Trostlosigkeit.

Bevor Martin Waldner das Haus verließ, bat er Frau Burghard, nach Aglaia zu sehen, da sie ihm krank vorkomme. Den Professor warnte er wiederum.

In der Allee schien die Sonne schon untergegangen zu sein. Aber es waren nur die Blätter der Bäume, die sie so verdunkelte. Die Düsternis passte zu seinem seelischen Zustand. Aglaia hatte ihn durchschaut, sein unbefangenes Getue war umsonst gewesen. Denn sollte Marias Verschwinden nicht geklärt werden, bliebe durch ihr ungeschicktes Verhalten tatsächlich ein Verdacht an Aglaia hängen.

Lustlos kehrte er bei den Unterstrassers ein. Auch bei den Eltern Marias schien dieses Gefühl vorzuherrschen, wie sie da werkten im Hof und im Stall. Auf seinen Gruß bekam er keine Antwort. Aber loslegen, das konnte er, der Unterstrasser, wie sein Vater.

„Na, noch immer nichts, Herr Inspektor? Herumradeln, aber entführte Kinder suchen, das ist nicht drin, was?" Er lachte zynisch.

„Es ist gut, dass ich dich endlich einmal antreff, ich hätte mir gestern schon einen Anruf erwartet. Hast keine Zeit gehabt, nicht wahr? Vorher, solange deine Tochter da war, hast du keine für sie gehabt, jetzt anscheinend auch nicht. Wunderst du dich, dass sie dir davonläuft?"

„Wer sagt denn, dass sie davongelaufen ist, ha?", kam seine gehässige Frage. Martin gab ihm keine Antwort mehr. Er wandte sich an die Frau, die verlegen daneben stand.

„Ich habe gehört, dass die Maria an dem Tag, an dem sie nicht mehr heimkam, gesagt hat, sie hätte etwas für Sie zu erledigen,

Putzerei oder Schneiderin. Sie hatte einen gefüllten Nylonsack bei sich."

Die Mutter wurde noch verlegener.

„Da hat sie gelogen, wir bringen doch kaum Sachen zum Putzen. Das ist uns doch zu teuer, höchstens einmal einen Anzug von meinem Mann oder einen Sonntagsmantel. Auch von einer Schneiderin weiß ich nichts. Aber ich habe die Liste, was alles fehlt", beeilte sie sich zu sagen, „vielleicht ist sie wirklich durchgebrannt?"

Nachdem Martin die Auflistung gelesen hatte, begann er wieder zu hoffen. Seit das Fahrradkörbchen beim Sandler aufgetaucht war, hatte er seine Hoffnung, Maria noch zu finden, fast aufgegeben. Er lobte Frau Unterstrasser für die Mühe, die sie sich gemacht hatte. Die Polizei würde sich jetzt viel leichter tun.

Dann fragte er, ob sie den Sandler schon gesehen hätten, der sich hier in der letzten Zeit herumgetrieben habe. Maria kannte ihn, sie hätte manchmal ihr Jausenbrot für ihn hinterlegt. Dem Großvater müsste er auch bekannt sein, da er öfter im Gasthaus gewesen sei. Vom Most sagte er wohlweislich nichts, den hatte Maria sicher heimlich entwendet.

„Ja, den kenn ich schon, er sitzt oft an der Donau und schaut den Leuten zu. Er ist recht umgänglich, der Vater hat auch schon von ihm gesprochen. Maria hat nie etwas von ihm erzählt, eigentlich seltsam! Aber das alte Mandl? Na ja, im Rausch kann einem Mann alles Mögliche einfallen. Dass ich nicht früher an den gedacht hab?"

Das war die Aussage der Mutter. Der Vater kannte ihn nicht, er ärgerte sich nur maßlos über die Verschwendungssucht seiner Tochter.

„So einem Menschen gibt sie was ab, und ich muss es sauer verdienen! Ich sags eh immer, zu viel Geld gibst ihr, dem Gfrast!" Damit wandte er sich vorwurfsvoll an seine Frau, die den Kopf verlegen zur Seite drehte.

Frau Unterstrasser wollte ihm kalten Schweinsbraten und Most bringen, doch Martin lehnte ab. Sie sprachen kurz über die Gewohnheiten, die Fehler und die Begabungen des Mädchens. Martin hatte den Eindruck, dass Maria viele gute Eigenschaften besaß, zumindest nach den Erzählungen der Mutter. Es fand sich jedoch niemand, diese zu fördern, sie hatten alle keine Zeit dazu. Als sich Martin schweren Herzens verabschiedete, schaute ihn Frau Unterstrasser hoffnungsvoll an. Dann aber weinte sie. Während sie die Tränen mit dem Arm wegwischte, meinte sie zerknirscht:

„Sie haben schon Recht gehabt, gestern. Wenn sie noch lebt, Herr Inspektor, dann bleib ich ab jetzt daheim, das hab ich mir geschworen!"

Martin nickte nur.

Es war schon dunkel, als Waldner endlich aufbrach. Das Licht seines Rades funktionierte gut, so machte er sich weiter keine Sorgen. Die meisten Sportler hatten schon längst den Heimweg angetreten. Während er die Strecke zurückfuhr, auf der er am Morgen den Radfahrer verfolgt hatte, dachte er wieder bedrückt an Aglaia. Sie noch einmal zu verlieren, konnte er sich nicht vorstellen. Nie und nimmer ließ er gelten, dass es zu spät sei. Sein Misstrauen und die Angst vor Ehrenhausen waren es, was sie so mutlos machte.

Jetzt kam er an die Stelle, an der am Morgen der Verfolger Aglaias verschwunden war. Ein steiler, wild bewachsener Abhang begrenzte den Weg zwischen Aschach und dem Auwald. Er lag dunkel vor ihm. Ich würde mich wohler fühlen, hätte ich jetzt die Waffe bei mir, gestand er sich ein.

Weit und breit sah er kein Licht, er war allein auf der Strecke. Von weitem tönte das Horn eines Schiffes. Es ist richtig unheimlich, ich bin froh, wenn ich dieses Wegstück hinter mir habe, dachte er.

Wieso fiel ihm plötzlich Aglaias Warnung ein? Natürlich, da

lag doch Zigarettenrauch in der Luft! Das war es, was ihn daran erinnerte. Stutzig geworden, nahm er sein Tempo zurück. Die Lianen der Waldreben und des wilden Hopfens hingen weit über die Straße. Er musste höllisch aufpassen, sich nicht wie eine Fliege im Spinnennetz zu verfangen.

War da nicht rechts im Gebüsch eine Bewegung? Vielleicht ein Reh, das zum Wasser wollte?

Gerade, als er vorsichtshalber auf die Bremse steigen wollte, raschelte es wieder und ein Prügel sauste zwischen die Speichen seines Rades. In hohem Bogen flog Martin kopfüber durch die Luft und es wurde ihm bewusst, dass es jetzt um sein Leben ging. Im Sturz bemühte er sich, sich so zu drehen, dass er seitlich abrollen konnte. Doch der Aufprall war noch immer heftig genug! Ein furchtbarer Schmerz im Genick durchfuhr ihn. Nur sein Helm hatte ihn diesen Sturz überleben lassen. Benommen und verkrümmt lag er auf dem Boden. Die Lampe des Rades war erloschen, es herrschte völlige Dunkelheit.

Doch in der Stille spürte Martin eine leise Bewegung. Der Angreifer lauerte neben ihm im Gestrüpp auf eine günstige Gelegenheit, ihn zu erledigen.

Er vernahm ein Keuchen, als auch schon eine schwarze Gestalt über ihm war und die Hände um seinen Hals legte. Noch war Martin, trotz der starken Schmerzen, seinem Widersacher gewachsen. Rasch zog er seine Beine an, versetzte ihm mit aller Kraft einen wuchtigen Tritt in den Unterleib und schnellte gleichzeitig in die Höhe. Der Gegner, überrascht von der Reaktion seines Opfers, das er für unfähig gehalten hatte sich zu verteidigen, stöhnte laut auf, taumelte gebückt einige Schritte zurück, um dann umso rasender auf Martin loszuspringen. Er hatte beide Arme erhoben und schien ein Messer gezückt zu haben. Im letzten Augenblick stellte ihm Waldner ein Bein. Als der Mann stürzte, entriss er ihm die Waffe und mit ihr einen Handschuh.

Aber so schnell konnte er sich gar nicht umdrehen, als ihn der

Besessene von hinten wie eine Wildkatze ansprang. Mit gewaltiger Kraft drückte er seine Hände gegen Martins Kehlkopf und zog ihm dabei den Kopf zurück.

Waldner fühlte sich einer Ohnmacht nahe. Er stöhnte auf vor Schmerz, ein wollüstiges Gurgeln war die Antwort. Da stieß ihm Waldner das Messer in die bloße Hand.

Als der Kerl aufbrüllte und losließ, drehte sich Martin um und versetzte ihm einen Kinnhaken, der Ehrenhausen in die Knie gehen ließ. Denn dass er es war, stand für den Inspektor fest.

In diesem Augenblick näherte sich ein Auto. Von den Scheinwerfern stark geblendet, konnte er nicht verhindern, dass sich der Gegner wie ein Igel zwischen Huflattichblättern und Dornenranken den steinigen Abhang hinunterrollen ließ. Ihm in der Dunkelheit zu folgen wäre wohl Selbstmord gewesen.

Das Pärchen, das im Auto saß, schaute verschreckt aus dem geschlossenen Wagen. Erst nachdem ihnen Waldner im Scheinwerferlicht seinen Ausweis gezeigt hatte, öffneten sie das Fenster einen Spalt. So konnte er ihnen das Nötigste mit schwach krächzender Stimme erklären. Er bat sie, ihn bis zum Gendarmerieposten nach Eferding zu bringen.

Im Licht der Scheinwerfer suchte er noch den Schauplatz des Kampfes ab, packte sorgfältig Messer, Handschuh und Prügel ein und verstaute, so gut es ging, sein ramponiertes Fahrrad im Kofferraum. Er blickte dabei ständig um sich, war er doch noch immer auf einen Angriff des Wahnsinnigen gefasst.

Der Lenker des Wagens schien total überfordert, das Mädchen war tatkräftiger. Während der Fahrt nach Eferding telefonierte Martin mit seinem Chef und mit dem Bereitschaftsdienst. Zum Glück funktionierte sein Handy noch. Ein Streifenwagen sollte ihn vom Posten Eferding abholen und nach Linz bringen.

Waldner hatte entsetzliche Schmerzen, nicht nur im Nacken, auch sein Kehlkopf schien verletzt zu sein.

Nun hatte er also Bekanntschaft mit Ehrenhausen gemacht.

Wenn das Auto nicht gekommen wäre, wie hätte wohl der Kampf geendet?

Vom Posten rief er bei Professor Burghard an. Er hatte das Gefühl, dieser habe einen anderen Anruf erwartet, da er sich sofort meldete und „Na endlich!“ sagte. Daraufhin war er sehr verlegen. Er erkannte ihn auch nicht gleich an der Stimme. Burghard wirkte schrecklich aufgeregt. Er versprach, Aglaia nichts von dem Überfall zu erzählen und sie auf keinen Fall aus dem Haus zu lassen. Sie schlafe schon tief, sagte er.

Endlich kam der Krankenwagen und brachte Martin ins Unfallkrankenhaus. Sein Chef erwartete ihn dort.

Was sich nun abspielte, erlebte Waldner in einem Taumel von Aufregung, Schmerzen, Erschöpfung und gleichzeitiger Besorgnis. Flüsternd und mit wenigen Worten konnte er über die heutigen Ermittlungen bis zum Hergang des Überfalls berichten.

Zauner entschied, morgen bei Tagesanbruch eine Fahndung zu starten. Waldner verlangte dazu mindestens einen Suchhund. Nach allen schmerzhaften Untersuchungen verpasste man ihm eine unangenehme Schanzkrawatte. Ein Wirbel war angeknackst, einige waren geprellt, sein Hals und der Kehlkopf dick angeschwollen. Eine starke Spritze verschaffte ihm den nötigen Schlaf. Gegen den Willen der Ärzte hatte er durchgesetzt, an der morgigen Fahndung teilnehmen zu dürfen.

Tante Carla hatte nach Martins Fortgehen besorgt nach Aglaia geschaut. Mit glanzlosen Augen saß sie noch immer so dort, wie Martin sie verlassen hatte. Willenlos befolgte sie die Anordnungen ihrer Tante, aber auf deren Fragen gab sie keine Antwort. Aglaia wusste, was auf dem Spiel stand. Trotzdem wich sie von ihrem Vorhaben nicht ab und rief sich immer wieder Philipp in seinen guten Phasen ins Gedächtnis. Tante Carla durfte nichts von ihren Gedanken ahnen. Die blieb bei ihr, bis sie eingeschlafen war, besorgt ihr leidendes Gesicht betrachtend. Dann ging sie aus dem Zimmer. Sie hatte keine Ahnung, welchen Entschluss Aglaia gefasst hatte.

Der dunkle Nachthimmel verfärbte sich in ein milchiges Grau. Dieses erhellte ein wenig auch ihre Kammer. Die ersten Vogelstimmen mahnten sie. Es war an der Zeit, aufzustehen.

Ahnungslos, was heute in der Nacht mit Martin geschehen war, auch den Überfall auf Frau Krassnitzer hatte man ihr vorenthalten, machte sie sich bereit. Sie wusste, dass es ihr nur um diese Zeit gelingen würde, das Haus ungesehen zu verlassen. Als sie sich ankleidete, zitterten ihre Hände. So streifte sie einen Pulli über den anderen, doch die Kälteschauer kribbelten nach wie vor über ihren Rücken. Da holte sie die gelbe Wollweste aus dem Schrank. Tante Carla hatte sie eigenhändig gestrickt. Diese gab ihr einen Hauch mütterlicher Wärme mit auf den Weg. Schon in der Tür, kehrte sie noch einmal um. Sie setzte sich zu ihrem kleinen Schreibtisch und versuchte erklärende Worte für ihr Handeln zu finden.

„Mein lieber Martin!

Wie oft wollte ich mit Dir über mein Vorhaben sprechen, aber ich wusste, dass Du es auf jeden Fall verhindern würdest. Ich sehe aber keinen anderen Weg, wenn ich mit dir ein neues Leben beginnen will. Nachdem Du mir sagtest, Philipp sei geheilt entlassen worden, wage ich es, mich ihm zu stellen. Ich hoffe, dass ich ihn bewegen kann, Vernunft anzunehmen und nach Graz zurückzugehen.

Das, womit Du rechnest, ihn aus irgendeinem Grund inhaftieren zu können, hätte nur für kurze Zeit einen Sinn. Die Polizei hat keinerlei stichhaltige Beweise gegen ihn. Weder den Tod des Hundes noch das Verschwinden Marias kann man ihm anlasten, seine früheren Untaten aber hat er schon abgesessen. Sein Hass auf Dich aber wäre grenzenlos. Wir würden keinen Platz finden, um vor seinen Verfolgungen sicher zu sein, ich weiß, wovon ich spreche. Martin, alles wird gut werden, ich glaube fest daran!

Immer bleibe ich Deine Aglaia."

Sie beschwerte den Zettel mit einem glitzernden Bergkristall. Daniel, ihr toter Freund, hatte ihn ihr einmal mitgebracht. Außer ein paar Kartengrüßen von schroffen Bergen und überhängenden Felswänden waren ihr keinerlei Andenken von ihm geblieben.

Die Schuhe in der Hand, schlich sie schwankend die Treppe hinunter. Als sie an der Küche vorbeikam, war sie versucht, ein Messer mitzunehmen. Aber sie hatte keine Aggressionen mehr gegen Philipp, er tat ihr wieder Leid, wie früher so oft schon. Ich bin keine Mörderin, nein Martin, du brauchst dir meinetwegen keine Gedanken mehr zu machen! So redete sie mit sich und mit ihm.

Sie zog die alten Sportschuhe an. Wieder sah sie Martin vor sich, wie er diese am ersten Tag verlegen in der Hand gehalten hatte. Vorsichtig ging sie über den Hof und holte das Rad.

Ob Herr Zibermayr auf einer Bank schlief, eingerollt in eine Decke? Auch er gehört zu Jenen, die der Wirbel, in den sie einmal geraten sind, nicht mehr loslässt. Der Arme, er ist genauso einsam wie Philipp. Wie ungerecht ist das Glück auf der Welt verteilt.

Einmal noch ließ sie ihren Blick rundum schweifen. Am Tor zögerte sie, als ob sie umkehren wollte. Dann schluchzte sie kurz auf und verließ mit wachsbleichem Gesicht und unsicheren Schritten, wie sie glaubte ungesehen, den geliebten Garten.

Noch vor der Morgendämmerung wurde Waldner von Grafenauer abgeholt. Oberinspektor Zauner hatte ihn schon instruiert. Er war sichtlich erschüttert, als er seinen Kollegen in einem solchen Zustand vorfand. Im Grunde mochte er ihn gerne. Er bewunderte ihn sogar wegen seiner geradlinigen Art.

Zwei Kollegen und der Suchhund waren bei ihnen im Wagen. Trotz der Tabletten befand sich Waldner in einem schlechten Zustand. Jede Entscheidung lag schwer auf ihm. Doch Zauner hatte längst seinen Schlachtplan entworfen. Er war ein guter Stratege.

Vorläufig standen sie in Deckung der Schiffsanlegestelle Brandstatt. Über den Damm hin beobachteten sie die Donau, ob sich ein Schlauchboot vom anderen Ufer nähere. Zauner rückte unterdessen mit seinen Leuten durch die Auwälder zur Donau vor.

Eine andere Gruppe von Gendarmen hatte sich rund um den Radweg am Damm in Richtung Wilhering postiert um Ehrenhausen jeden Fluchtweg abzuschneiden. Sie führten auch ein Schlauchboot mit, das sie noch in der Dunkelheit zu Wasser gelassen hatten. Vorläufig herrschte trügerische Ruhe. Man wartete voll Anspannung auf den Einsatzbefehl.

Könnte ich nur klarer denken, ärgerte sich Inspektor Waldner. Da kam am Handy ein Anruf. Nervös griff er danach. Es war Professor Burghard, der ihm mit überschnappender Stimme mitteilte, dass Aglaia vor ungefähr fünf bis zehn Minuten mit dem Fahrrad den Garten verlassen habe. Terezija hatte sie gerade noch erblickt.

Der Inspektor brachte keinen ganzen Satz hervor, er krächzte mit letzter Kraft:

„Fahren Sie mit dem Auto sofort hinterher, zur Donau, es läuft eine Großfahndung, ich komme vom Damm!"

Er hatte es geahnt! Hätte er es verhindern können? Zauner wurde von Grafenauer über die neue Situation informiert. Der meinte gelassen: „Dann kommt er wenigstens aus seinem Versteck." Er trieb aber seine Mannschaft zur Eile an.

Grafenauer war sofort losgefahren. Für Martin war es, als schlichen sie dahin. Die Sonne war im Aufgehen, doch sein Sinn stand ihm nicht danach, ihre Schönheit zu bewundern. Er knirschte mit den Zähnen über sein Unvermögen, Aglaia vor ihrem Verfolger schützen zu können. Hätte ich den Kerl doch gestern umgebracht, wünschte er allen Ernstes. Der Gedanke, wenigstens Ehrenhausens Hand verletzt zu haben, war ihm eine Genugtuung.

Sie waren nun beim ersten Schranken angekommen. Endlich hatte ihn der Kollege geöffnet. Wie langsam alles vor sich ging. Martin schien, als bewege sich jeder wie im Zeitlupentempo. Er konnte den Kopf nicht bewegen, sein ganzer Körper musste sich in die Richtung drehen, in die er schauen wollte.

Linker Hand lag das Biotop. Doch Martin hatte nur mehr die Rettung Aglaias vor Augen. Ob Ehrenhausen erwischt werden würde, war ihm völlig gleichgültig.

„Weiter, weiter“, knurrte er und deutete mit seinen Händen ein schnelleres Tempo an. Da sah er durch das Fernglas Aglaia. Die gelbe Weste leuchtete wie die Sonne zu ihm herüber. Doch das tiefe Bett der Aschach, eingesäumt von Buschwerk, trennte sie. Jetzt stieg sie ab, sie schob das Rad mit der Hand weiter.

Aglaia, Aglaia, schrie es in ihm, was hast du denn vor, willst du Selbstmord begehen? Nun blieb sie stehen und hob den Kopf. Horchte sie auf die Vögel? Nein, eine Gestalt glitt rasch vom Hochsitz herab.

„Gerhard, fahr, bevor er sie umbringt“, brüllte er, doch es war nur als Flüstern zu hören. Händeringend saß er neben Grafenauer, denn nun waren beide Gestalten seinen Augen entschwunden.

Noch ein Schranken lag vor ihnen, dann die Brücke, rechts in die Kurve! Doch wo war Aglaia? Weder sie noch Ehrenhausen konnte er erblicken.

„Dort vorne liegt ihr Rad, schnell, aber leise, sonst ist es um sie geschehen!“ Martin hatte das Gefühl, durchzudrehen.

Der Hund konnte durch den Handschuh, den Martin gestern dem Besessenen entrissen hatte, die Spur sofort aufnehmen. Sie führte quer durch die Brombeerhecken.

Waldner spürte seine Schmerzen nicht mehr. Wenn er später daran zurückdachte, rollte ein grauenhafter Film vor ihm ab. Und wie lange es ihm vorkam, bis sie die beiden entdeckten!

Ehrenhausen hatte Aglaia in eine von Weiden geschützte Mulde gezerrt und kniete über ihr. Sie mussten ihn überraschen, das war Aglaias einzige Chance.

Da brach plötzlich aus dem Gestrüpp eine mächtige Gestalt hervor, die scharf und drohend „Philipp, zurück“, brüllte.

Dieser zuckte wie unter einem Peitschenhieb zusammen und schaute erschreckt auf. In diesem Augenblick der Ablenkung packte der Hund Philipps Handgelenk mit seinen Zähnen. Der schrie auf und ließ Aglaias Kehle los. Er war dabei gewesen, sie zu erwürgen.

Martins Kollegen rissen ihn hoch. Er brüllte und schlug mit Händen und Füßen um sich wie ein Rasender.

Martin und der Professor, vor dessen Schrei sich der Wahnsinnige so erschreckt hatte, kümmerten sich um Aglaia. Wie tot lag sie vor ihnen. Ihre Kleidung war zerfetzt, ihr schönes Gesicht entstellt und der Körper mit Striemen bedeckt. Am Hals zeigten sich blaurot die Würgemale. Onkel Reinhold legte seine Jacke über ihren zerschundenen Körper.

Sie war bewusstlos. Neben ihr kniend, fühlten sie ihr den Puls. Schwach war er noch zu spüren. Während sie sich um sie bemühten, eilte schon der Notarzt herbei, den Zauner sofort nach Martins Anruf in weiser Voraussicht verständigt hatte.

Der Oberinspektor war mit einigen Männern seiner Truppe vorausgeeilt, um Aglaia helfen zu können. Nun legte er seine Hand beruhigend auf Martins Schulter.

„Sie ist noch jung, sie wird es schaffen“, meinte er zuversichtlich.

„Warum ist sie ihm denn in die Arme gelaufen, das arme Ding, es war wohl höchste Zeit, dass wir kamen“, brummelte er.

„Sie fahren mit Frau Wieland ins Spital und sorgen für ihren persönlichen Schutz. Schirmen Sie sie gegen die Medien ab. Da Sie sich im Krankenstand befinden, werde ich für Ablöse sorgen. Wir brauchen nur noch sein Geständnis. So bald der Fall geklärt ist, komme ich zu Ihnen ins Spital, um zu berichten.“

Im Krankenwagen schlug Aglaia einmal kurz die Augen auf. Ob sie ihn erkannte, wusste Martin nicht. Nur Tränen liefen unentwegt über ihr Gesicht. Auch ihm, als er ihren Brief las, den ihm Onkel Reinhold in die Hand gedrückt hatte.

Es dauerte lange, endlos lange, bis ihm die Ärzte sagen konnten, dass Aglaia, sollte nichts dazwischenkommen, überleben werde. So viel man ihm erlaubte, hielt er sich in ihrer Nähe auf.

Am späten Nachmittag dieses Tages kam Oberinspektor Zauner in das Krankenhaus. Er wollte nach Aglaia schauen und Martin berichten. Dazu setzten sie sich in die Cafeteria des Spitals in eine ruhige Ecke.

„Ich kann Ihnen sagen, Waldner, ich habe einen aufregenden Tag hinter mir", war seine Einleitung. Er bestellte einen großen Espresso und ein Croissant. Während er mit Genuss seinen Kaffee schlürfte, rückte er langsam mit den Ereignissen heraus:

„Sie müssen sich vorstellen, dass uns der gute Ehrenhausen doch tatsächlich noch entschlüpft ist!"

Martin schaute ihn entgeistert an.

„Er ist wieder frei? Da muss ich sofort zu Frau Wieland, entschuldigen Sie mich!" Er war schon aufgesprungen, da griff Zauner nach seiner Hand und zog ihn wieder auf seinen Stuhl zurück.

„Keine Angst, er kann nichts mehr anstellen, beruhigen Sie sich, Waldner. Aber ich hätte besser auf Sie hören sollen!"

„Als man ihn abführen wollte", er schob das halbe Croissant in den Mund und sprach im Kauen weiter, „ist es zu einem fatalen Zwischenfall gekommen."

Jetzt nahm er wieder einen Schluck Kaffee. Martin hatte das Gefühl zu zerspringen. Hatte denn der Chef den ganzen Tag nichts gegessen?

„Ich sehe, ich spanne Sie auf die Folter, aber ich bin hungrig wie ein Wolf. Also kein Mensch rechnete damit, dass dieser zart wirkende Mann über solche Kräfte verfügte. Nachdem er sich halbwegs beruhigt hatte und Frau Wieland, Sie und Professor Burghard verschwunden waren, spielte er einen harmlosen Narren. Er tappte mit offenem Mund ungeschickt vor sich hin, stolperte sogar, aber lauerte nur auf einen Augenblick der Unaufmerksamkeit von Moser und Fellinger, die ihn festhielten. Handschellen hatten sie ihm gleich verpasst.

Ich war gerade dabei, den Müll, den unsere Leute zusammengetragen hatten, zu kontrollieren, ob sich etwas von Maria fände. Auch Gstöttner mit dem Hund trieb sich suchend im Gestrüpp herum. Da passierte es! Sie waren mit ihm auf dem Weg zum Auto. Ehrenhausen sah die letzte Möglichkeit zu entkommen!"

Daraufhin winkte Zauner dem Serviermädchen. Er wünschte ein Glas Wasser und noch ein Croissant.

„Nur Ruhe, Waldner, ich habe noch viel zu erzählen, Sie wissen, ein Polizist muss immer und in jeder Situation Ruhe bewahren. Es ging so blitzschnell, ich kann den Beiden eigentlich keinen Vorwurf machen. Mit einer solchen Attacke konnte man wirklich nicht rechnen. Also, der Augenblick kam, er sprang ihnen gegen die Schienbeine, riss sich los und schnellte wie ein Pfeil auf dem Damm davon. Im nächsten Augenblick war er verschwunden. Natürlich war man sofort hinter ihm her. Der Hund war, wie gesagt, gerade nicht greifbar. Auf die Schreckschüsse reagierte Ehrenhausen nicht. Ihm nach, sagte ich, aber schießt nicht auf ihn, ich brauche sein Geständnis wegen der Unterstrasser, weit kann er nicht kommen."

„Danke Fräulein, Ihr Gebäck ist in Ordnung und Ihr Kaffee erstaunlich gut." Nun leerte er das Glas in einem Zug.

„Ich sagte mir, was will der Narr, mit den Handschellen! Er war im Biotop, wie Sie vermutet haben. Waldner hatte Recht, sagte ich zu Grafenauer, wir müssen uns das andere Ufer auch anschauen. Ich hoffte, drüben wenigstens etwas von Maria zu finden, hier herüben waren wir wirklich nur Müllmänner." Zauner nahm einen tiefen Schluck aus seiner Schale.

„Schon brauste Ehrenhausen mit dem Schlauchboot über die Donau zum anderen Ufer, unsere Leute hinter ihm her."

Nun trank er den Rest des Kaffees aus, schob die Tasse zurück und wischte mit der Hand die Brösel zur Seite, bevor er sich mit den Unterarmen auf das Tischchen stützte. Er schürzte ärgerlich seine Lippen und als er endlich fortfuhr, war Martin fast am Ende seiner Beherrschung.

„Ich schaute mit dem Fernglas den beiden Booten nach, sie jagten in einem irrsinnigen Tempo dahin. Jetzt halten Sie sich fest, Waldner, was nun kommt, hat auch so ein alter Hase wie ich noch nicht erlebt. Mir graut jetzt noch und ich bin froh, dass nicht mehr geschehen ist. Sie kennen mich, ich bin kein Romantiker!"

Martin schaute ihn ungläubig an. War das möglich, dass man sich selbst so wenig kennt? Zauner warf ihm einen prüfenden Blick zu.

„Lachen Sie nicht, aber es war fast so, als ob die Natur mitgespielt hätte. Ein Nebelstreifen hatte sich kurz vorher in Richtung Brandstatt-Aschach über die Donau gelegt. Plötzlich ertönte ein Schiffshorn und schon tauchte ein großer Schlepper aus dem Nebel auf, und das donauabwärts! Sie wissen, mit welcher Geschwindigkeit die unterwegs sind."

In Zauners Augen lag ein eigentümlicher Ausdruck, den Waldner noch nie in ihnen gesehen hatte. Auch die Farbe seiner Augen hatte sich verändert. Woher kam dieses durchsichtig schimmernde Wasserblau? Langsam, wie vom Grund der Donau auftauchend und das Grauen spürbar nachempfindend, sprach Zauner weiter:

„Entweder sah Ehrenhausen das Schiff in seiner Verblendung nicht oder er suchte bewusst den Tod. Das ihn verfolgende Polizeiboot drehte im letzten Moment ab. Mir fiel ein Stein vom Herzen. Doch seines, vielleicht glaubte er, doch schneller zu sein als das große Schiff, oder war er unfähig wegen der Handschellen, fuhr direkt vor den Bug, dessen Sog es mit ihm in die Tiefe zog. Ich sah es durch das Fernglas, so etwas vergisst man nicht. Das war kein Zusammenstoß, Waldner. Er verschwand so vor unseren Augen, als hätte ihn ein Wal verschluckt. Er war verloren, seine Leiche bargen wir kurz darauf. Der Kapitän hatte versucht, sein Schiff zu stoppen, wie er mir beteuerte."

Zauner schnitt eine Grimasse, die vieles bedeuten konnte. Dann fuhr er, sich zuerst räuspernd, fort:

„Ich sage Ihnen, Kollege Waldner, obwohl sein Tod das Beste war, hat es auch unsere rauen Burschen angegriffen. Es lag so etwas Tragisches darin, als ob das Schicksal selbst eingegriffen hätte, wenn Sie verstehen, was ich meine."

Zauner lehnte sich wieder zurück. Aber er war noch immer von diesem Erlebnis gefangen.

Von Martin fiel eine entsetzliche Anspannung ab. Er seufzte tief auf. Nun ist Aglaia schon fast erlöst, dachte er, nur Maria muss noch gefunden werden. Als er nach ihr fragte, kehrte auch Zauner in die Wirklichkeit zurück.

„Nichts haben wir gefunden, nicht die kleinste Spur! Auf der anderen Seite des Stromes war alles, was von Ehrenhausen zurückblieb, Auto, Zelt, Rad, Papiere, Konserven, Cognac, Zigaretten, Messer. So fuhr ich anschließend zu unserem Kollegen Zibermayr."

An den hatte Martin gar nicht mehr gedacht. Zu viel war in den letzten Stunden geschehen.

„Der saß wütend in seinem ‚Schutzraum' und schimpfte auf Tod und Teufel, vor allem aber auf die Polizei, insbesondere natürlich auf Sie und auf mich. Was uns überhaupt einfiele, ihn bei seiner Arbeit aufzuhalten, welche Morde inzwischen passieren konnten, es sei eine ganz große Gemeinheit. Ich müsse doch wissen, dass er kein Kindermörder sei, wenn schon der Grünschnabel seinen Ehrgeiz ausleben wolle!"

Waldner schaute ihn erstaunt an.

„Seit wann arbeiten Sandler, war er betrunken?"

„Ganz und gar nicht, wie sollte er denn an Alkohol kommen? Jetzt werden Sie staunen, was ich Ihnen erzähle: Zibermayr betätigt sich als Privatdetektiv. Er wurde von Professor Burghard engagiert, um auf Frau Wieland aufzupassen."

Martin war trotz seiner Schmerzen vor Erregung aufgesprungen. „Nein", stieß er hervor", „und ich habe ihn einsperren lassen! Aber warum hat er mir das nicht gesagt?"

„Er hatte Ehrenhausen noch nicht überführt und wollte seine Identität nicht preisgeben. Er wusste, dass Ehrenhausen die Brücke, an der Aglaia oft auftauchte, besonders im Auge behielt. Aber regen Sie sich nicht auf, die Geschichte geht noch weiter. Ich war inzwischen bei den Burghards und konnte dort noch einiges klären.

Der Bruder von Frau Burghard hatte von der Entlassung Ehrenhausens Wind bekommen. Er rief seine Schwester an und gab ihr den Rat, Ehrenhausen von einem Privatdetektiv beschatten zu lassen. Sie wandten sich an ein Detektivbüro, das ihnen Zibermayr für diese Aufgabe als sehr geeignet empfahl. Der verwandelte sich mit Vergnügen in einen Sandler. Das liege ihm besonders, bestätigte er mir, weil es ganz seiner Mentalität entspräche. Da hat er Recht.

Er war mit Professor Burghard nur telefonisch in Verbindung, damit auch bei Frau Wieland kein Verdacht aufkäme. Raffiniert, Waldner, trotz Alkohol noch immer ein intelligenter Bursche. Der hätte es weit gebracht. So konnte er Tag und Nacht in der Au herumlungern, alles beobachten und wurde nicht ernst genommen. Er weiß viel, Sie müssen sich einmal mit ihm länger unterhalten. Aber warten Sie noch zu, jetzt sind Sie noch gefährdet, dass Sie von ihm attackiert werden. Als er hörte, dass Sie in der Nacht von Ehrenhausen angefallen wurden, lachte er. Er sagte, Sie wären von ihm gewarnt worden, wenn Sie Grips gehabt hätten, würden Sie seine Warnung verstanden haben!"

Waldner war über diese Aussage verärgert.

„Ich habe sie verstanden, aber für mich als Bedrohung nicht ernst genommen."

„Aber als ich ihm erzählte, dass Frau Wieland aus eigenem Entschluss dem Besessenen in die Arme gelaufen war, glaubte ich, er würde mich umbringen. Gut, dass Grafenauer bei mir war. Er griff sich den Sessel und fuhr damit auf mich los, seinen Blick hätten Sie sehen müssen! Erst als ich ihm sagte, dass er mich an Ehrenhausen erinnere, steckte er zurück und wurde lammfromm. Als er mich fragte, ob Frau Wieland noch lebe und ich bejahte, fing er zu zittern an und Tränen standen in seinen Augen. Der viele Alkohol hat ihm schon schwer zugesetzt.

Dann fragte er nach Ihrem Namen. Ich zögerte lange, aber er gab nicht nach. Er dürfte Sie mit Frau Wieland gesehen haben. Als ich den Namen endlich sagte, war er wie vom Donner gerührt!

„Nein, das ist kein Zufall, das gibt es nicht", meinte er gebrochen.

„Aber warum denn, ich kannte ihn doch gar nicht, was hat er mit meinem Namen?" Martin schüttelte den Kopf.

„Sie nicht, aber Ihren Vater, Waldner. Der war es, der beantragte, dass er entlassen wurde. Aber ich muss dazu sagen, nicht nach der Rauferei mit seinem Nebenbuhler, damals führte Ihr Vater ein ernstes Gespräch mit ihm. Er setzte sich auch beim Disziplinarverfahren für ihn ein. Doch Zibermayr verkraftete den doppelten Vertrauensbruch nicht, den seiner Frau, die er abgöttisch liebte, und den seines besten Freundes. Er wurde depressiv und suchte Betäubung im Alkohol, von dem er nicht mehr loskam. Als er zum dritten Mal betrunken im Dienst erwischt wurde, gab es für ihn kein Pardon mehr. Ihr Vater blieb hart und es war auch richtig so.

Er ist ein einsamer Mensch geworden, ohne Familie, ohne Freunde. Frau Wieland hatte vorurteilslos mit ihm gesprochen und großes Verständnis für den armen Vagabunden gezeigt. Das hat genügt, dass er ihr treu und ergeben gefolgt ist, also der beste Schutz, nachdem Ehrenhausen Milo vergiftet hatte. Mich wundert eigentlich, dass Zibermayr noch lebt. Das war eine tolle Leistung von ihm, dass ihn Ehrenhausen nicht durchschaut hat.

Frau Wieland hat ihn verzaubert, in ihrer Ahnungslosigkeit, ohne es zu wollen. Sie ist eben von Grund auf ein guter Mensch. Aber Sie können das verstehen, nicht wahr, Herr Kollege?"

Martin musste lachen.

„Aber warum, sagen Sie mir um Himmelswillen den wahren Grund, der Frau Wieland bewog, in die Au zu laufen? Wusste sie, dass wir schon unterwegs waren und wollte sie ihn herauslocken? Oder suchte sie den Tod? War sie ihm am Ende hörig, verzeihen Sie, dass ich Sie frage."

„Aglaia war völlig ahnungslos, dass man Ehrenhausen heute verhaften wollte. Ich habe ihr nichts von diesem Vorhaben erzählt, was ich nun bitter bereue. Sie wusste auch nichts von seinem Überfall auf mich und Frau Krassnitzer, die er mit ihr verwechselte. Ich war es, der ihr sagte, dass Ehrenhausen sozusagen geheilt entlassen worden sei. Daraufhin setzte sie ihre ganze Hoffnung auf ein Gespräch mit ihm.

Sie war ihm alles andere als hörig. Aus Andeutungen weiß ich, wie sadistisch er sie gequält hat, darum hat sie sich ja auch scheiden lassen. Und sterben, nein, das wollte sie gewiss nicht, sie war dabei, ein neues Leben zu beginnen. Aber ihre Haut ist zu dünn, um ohne Vertrauensbasis leben zu können. Sie spürte, dass man sie in gewisser Hinsicht verdächtigte, außerdem lud sie sich selbst Mitschuld an den Verbrechen Ehrenhausens auf. Da wollte sie Klarheit schaffen, endlich loskommen von dem Mann, der ihr Leben zerstört hatte. Sei es wie es sei, denn sie wusste, was auf dem Spiel stand.

Können Sie sich nicht mehr an das Gespräch mit mir erinnern? Sie haben mir meinen Vater als Vorbild und Mahner gezeigt und ich habe geschwiegen. Meinen Vater habe ich auf seine Art sehr gern gehabt. Seine Unbestechlichkeit war bewundernswert. Ich habe aber eine andere Berufsauffassung, als er sie hatte. Unsere Generation sieht Eigenschaften wie Gehorsam und Pflichtbewusstsein nicht mehr als höchstes Ideal. Beides hat sich in der Vergangenheit zu oft als Unmenschlichkeit erwiesen.

Ich kann Ihnen heute ehrlich sagen, hätte ich nicht auf Sie gehört, sondern auf meine innere Stimme, die mir sagte, Aglaia in dem Zustand, in welchem sie sich befand, nicht allein zu lassen, dann wäre diese Katastrophe ausgeblieben! Ich wäre alt genug gewesen zu wissen, was ich hätte tun sollen. So will ich auch kein Lob von Ihnen hören. Ich weiß nicht, ob Sie das verstehen können?"

Zauner schaute ihn nachdenklich an.

„Hat Sie mein Rat von vorgestern doch so tief getroffen? Ich hatte das Gefühl, er sei abgeprallt. Verstellen können Sie sich nicht, das weiß ich, das konnte auch Ihr Vater nicht, entschuldigen Sie. Diese hochsensible Künstlerin hat Ihre Unsicherheit gespürt, das tut mir Leid, Waldner, ich habe es gut gemeint, natürlich in erster Linie mit Ihnen, das gebe ich zu. Man sollte wirklich nicht immer aus den eigenen schlechten Erfahrungen schließen. Ich kann es nur so entschuldigen, dass ich Ihnen Unangenehmes ersparen wollte, Martin." Zauner hatte ihn noch nie beim Vornamen genannt. Anscheinend tat es ihm wirklich Leid.

Sie hatten sich nun etwas entspannter zurückgelehnt. Das Wasserblau in Zauners Augen hatte sich wieder in die alte, undefinierbare Farbe verwandelt. Martin aber dachte mit Sehnsucht an Aglaia. Wie es ihr wohl geht? Lang bleib ich nicht mehr hier, beschloss er.

„Ich wollte Ihnen nur noch sagen, dass ich nach dem Gespräch mit Zibermayr Grafenauer nach St.Valentin geschickt habe. Dort gastiert derzeit der „Circus Leone". Wir werden sehen, ob Sie auch da Recht haben, dann hat sich Ihr Einsatz gelohnt. Einiges wird da auf Sie zukommen und es wird Ihnen auch gefallen.

Im Augenblick haben Sie anderes im Kopf, ich verstehe es. Ich habe für Sie in diesem Haus ein Zimmer reservieren lassen. Es ist klein, aber Sie haben Ruhe und die brauchen Sie jetzt. Auch Frau Wieland wird Sie benötigen, schenken Sie ihr viel Zeit. Übrigens, falls Sie wirklich an einen Berufswechsel denken oder an ein Studium, will ich mich gerne für Sie einsetzen. Es gibt da viele Möglichkeiten.

Ich muss leider heute noch ausgehen. Meine Frau hat Opernkarten besorgt. Sie will die ‚Macht des Schicksals' einmal so richtig erleben. Ich brauche dazu keine Verdioper, ich spüre diese Macht fast jeden Tag. Bitte zahlen, Fräulein!"

Martin holte sich die Erlaubnis, Aglaia zu besuchen. Vor ihrem Zimmer wachte ein junger Kollege. Aufgeregt trat Martin an ihr Bett. Sie hatte die Augen geschlossen. Er merkte, dass es ihr nicht gut ging. Sie hing an allen möglichen Schläuchen, auch ihren Mund konnte er nicht sehen.

„Aglaia", sagte er leise.

Tatsächlich schlug sie die Augen auf. Zuerst schien sie noch in einer anderen Welt zu weilen. Doch dann auf einmal, wie von weit her, lag etwas wie ein Schimmer des Erkennens in ihnen. Kurz nachher holte ihn die Schwester aus dem Zimmer. Man wünsche ihn zu sprechen, sagte sie.

Es war Gerhard Grafenauer. Er trug eine Sektflasche in der Hand. Was sollte das bedeuten? Lass es wahr sein, wünschte er.

„Du hattest Recht, Martin, ich gratuliere, wir haben das Mädchen!" Er hatte es neidlos gesagt, darüber freute sich Martin besonders.

Nun erzählte Grafenauer, wie problemlos diese Aufgabe gelaufen war. Nachdem ein Beamter vom Gendarmerieposten Sankt Valentin zu ihm und seinem Kollegen gestoßen war, suchten sie sofort den Zirkus auf. Die Leute waren gerade dabei, das Zelt abzubauen. Als er nach Maria Unterstrasser fragte, führte man sie zum Direktor.

Das war ein echter Italiener mit Temperament und Charme. Er rief sofort nach seiner Frau. Diese, auch Italienerin, hatte noch mehr Temperament und Charme.

Grafenauer war noch immer hingerissen.

„Graziella, so hieß sie, führte uns zum Wohnwagen Albertos. Als sie nach ihm rief, öffnete eine rundliche, schwarz gekleidete Frau die Tür. Nachdem sich die beiden Damen stürmisch und reich an Gestik unterhalten hatten, was ich leider nur sinngemäß verstehen konnte, wandte sich die ältere Frau an mich. Sie sprach ganz gut Deutsch.

„Sie suchen Maria? Madonna mia, habe ich mir doch gedacht! Vor einigen Tagen, in Linz, sie stehen vor unserem Wagen und fragen nach Alberto. Alberto, mein Sohn, mein Leben, mein Alles, seit mein Mann tot!" Sie schluchzte laut auf und nachdem sie sich heftig geschneuzt hatte, erzählte sie uns ihre Lebensgeschichte.

Ihr Mann war vor Jahren vom Trapez tödlich abgestürzt. Daraufhin studierte sie mit ihrem damals noch kleinen Sohn eine Clownnummer ein, mit der sie noch immer großen Erfolg haben.

Alberto führt seine Kunststücke vor, er jongliert, schluckt Feuer, schlägt Räder und Saltos und was der Teufel noch alles. Sie aber spielt dazu auf der Trompete, meisterhaft, kann ich dir sagen. Wir konnten gleich eine Kostprobe davon hören. Die imponiert mir, das ist eine mutige Frau, da verblasste Graziella daneben! Diese Nummer möchte ich wirklich sehen.

Also, Maria stand in Linz plötzlich vor ihr. Alberto fütterte die Tiere, so kam die flotte Kleine gleich an die richtige Adresse. Die kluge Mutter durchschaute sämtliche Lügen Marias und schätzte auch ihr Alter richtig ein. Nachdem Maria darauf beharrte, fünfzehn Jahre alt zu sein und dazubleiben, teilte sie dem Mädchen verschiedene Aufgaben zu, um ihr den Aufenthalt zu vergällen. Auch ihr Bett teilte sie ihr zu. Es lag eingeklemmt hinter ihrem, ich sag dir, es war einmalig komisch." Nun lachte auch Martin und es tat ihm gut.

„Weder Alberto, der erst fünfzehn Jahre alt ist, noch Maria hätten diese Klippe umgehen können. Auch während des Tages wachte die Mutter über sie. Aber sie lobte Maria, sie sei lieb und willig gewesen, aber eben noch ein Kind.

„Circus ist kein Kindergarten, auch nicht Haus mit roter Laterne, ist harte Arbeit und viel Disziplin, Sie verstehen? Gut für Mädchen Maria, wieder kommt zu richtiger Mutter, braucht sie noch, ist wichtig!"

Während wir so sprachen, spazierte Maria mit einem Esel am Strick daher. Als sie uns sah, wollte sie davonlaufen. Dem gebieterischen Ruf der Mamma aber gehorchte sie wie ein Hund dem Pfiff des Herrn. Nun ging alles sehr schnell. Unter Tränen packte sie ihre Klamotten und nahm heulend Abschied von Alberto, der inzwischen auch aufgetaucht war. Er ist ein schwarzlockiger Ragazzo, gutmütig, mit brauner Haut und dunklen Augen. Ganz der Typ, auf den die Mädchen fliegen.

Aber ihm fiel der Abschied nicht so schwer. Er grinste seiner Mutter entschuldigend zu, als sich Maria auf ihn stürzte.

Wir werden auch keine Anzeige machen, da ja sie ihm nachgelaufen ist. Du hattest Recht, der gewisse Zettel mit den roten Kritzeleien stammt von Alberto. Maria wollte ihn in Linz besuchen. So zeichnete er ihr auf, wie man von der Busstation an der Donaulände über die Brücke nach Urfahr kommt. Der Kreis war das Zelt. Durch die Panne mit dem Rad vergaß sie den Zettel im Werkzeugtäschchen, aber war klug genug, auch so den Zirkus gefunden zu haben.

Martin, was willst du noch mehr! Ich habe sie schon daheim abgeliefert. Ich sagte aber den Eltern, dass es sein kann, dass Maria in ein Heim muss, weil zu Hause die nötige Obsorge fehlt. Da hat sogar ihr Vater einmal den Mund gehalten, der feindselige Kerl.

Weißt du, was ich tue? Ich fahre nächstes Wochenende nach Sankt Pölten, dort gastieren die Leones. Meine Familie nehme ich auch mit!"

Aglaia war schon auf dem Weg der Besserung, als eines Tages ein Herr vor dem Krankenzimmer stand. Er fragte in großer Verlegenheit, ob er Frau Wieland einen Besuch abstatten dürfe.

Auf Martin Waldners erstaunten Blick stellte er sich vor: „Zibermayr ist mein Name, Sie kennen mich wohl nicht mehr, Herr Waldner!"

„Ach natürlich", beeilte sich Martin zu entschuldigen, „ich habe Sie wirklich nicht gleich erkannt, Sie sahen bei unserer ersten Begegnung doch ein bisschen anders aus."

„Selbstverständlich, ich war ja auch im Dienst." Das war eine sehr ernste Antwort und Martin hütete sich zu lächeln.

„Das trifft sich gut", sagte er, „ich muss zur letzten Untersuchung, da hat Aglaia gleich nette Gesellschaft. Aber bitte, sie kann nur flüstern."

Ein überraschter Blick traf ihn. Herr Zibermayr hatte sich wirklich sehr verändert. Seine Haare und der Bart waren geschnitten, er trug einen ordentlichen Anzug mit Hemd und Krawatte, sogar geputzte Schuhe. Aglaia war überrascht, erkannte ihn aber sofort. Umständlich wickelte er seine Rosen aus der Hülle und überreichte sie ihr mit einer angedeuteten Verbeugung.

„Wie bin ich froh, Sie zu sehen, Frau Wieland! Wie geht es Ihnen?"

„Danke Herr Zibermayr, viel besser", flüsterte sie.

„Verzeihen Sie, wenn ich Sie sogleich mit einer Frage überfalle. Ihre Antwort ist für mich ungeheuer wichtig. Warum haben Sie sich Ihrem Mann so ausgeliefert? Mein wochenlanges Bestreben war, Sie vor ihm zu schützen, und dann –!" Er konnte nicht weitersprechen, die Stimme gehorchte ihm nicht mehr.

Aglaia empfand seine Bedrängnis. Sie spürte seine unglücklichen Augen auf sich gerichtet, die jede Regung ihres Gesichtes aufnahmen. Sie hob ein wenig den Kopf, um ihr Flüstern besser verständlich zu machen:

„Ich war die Ursache, dass Ehrenhausen in dieses Dorf gekommen ist. Da lag es doch an mir, seinen verzweifelten Gewalttaten gegen andere Menschen entgegen zu treten. Wie danke ich Ihnen, dass Sie mir geholfen haben noch zu erleben, wie schön es auf der Welt sein kann!"

Als er das hörte und in ihre glücklichen Augen sah, entspannte sich sein Gesicht. Sollte es wirklich möglich sein, dass er sein verspieltes Leben noch sinnvoll eingesetzt hatte? Was wollte er mehr? In diesem Augenblick wurden viele Verhärtungen im Inneren des verbitterten Mannes gelockert. Gelöst erzählte er Aglaia seine früheren Erlebnisse als Sandler, jedoch nur die heiteren.

Als Martin zurückkehrte, erhob er sich gemessen.

Martin begleitete ihn und sagte: „Es tut mir Leid, dass gerade mein Vater Ihre Entlassung veranlasst hat, wie ich hörte."

Zibermayr richtete sich gerade auf und sagte stolz: „Nicht Ihr Vater war der Schuldige, Herr Waldner, ich allein bin es gewesen, der das Leben nicht gemeistert hat. Aber wenn Sie mir etwas zuliebe tun wollen, gestatten Sie mir, hin und wieder bei Ihnen und Ihrer Braut vorbeischauen zu dürfen."

„Natürlich, ich bin Ihnen doch so dankbar, dass Sie auf die Ahnungslose so fürsorglich aufgepasst haben. Ich bin sicher, Aglaia würde sonst nicht mehr leben!"

Das war zu viel für ihn. Mit einem gepressten „Danke" gab er Martin die Hand und eilte schnell davon.

Braut hat er gesagt, dachte Martin, als er ihm wieder einmal gedankenvoll nachschaute. Wie altmodisch das klang, aber Martin gefiel dieses Wort. Als er zu Aglaia zurückkam, schaute sie ihm freudig entgegen.

„Aglaia, Zibermayr sprach von dir als meiner ‚Braut'. Was sagst du dazu?"

Sie schlang die Arme vorsichtig um seinen Hals und flüsterte mit gespieltem Ernst: „Martin, wir müssen ihm doch so dankbar sein, da sollten wir auch auf ihn hören, meinst du nicht?"
Beide lachten glücklich.

Als Martin Waldner am Abend den Heimweg antrat, glänzten die Straßen noch nass vom heftigen Gewitterregen. Gemeinsam mit Aglaia hatte er das Unwetter vom Krankenzimmer aus verfolgt. Es war fast beängstigend gewesen, wie die Regengüsse, von den Sturmböen hergepeitscht, gegen die Fensterscheiben geschlagen hatten.

Nun spiegelte sich schon wieder ein wenig vom Blau des Himmels in den riesigen Lacken. Martin blieb keine andere Wahl, entweder wie einstmals als Kind barfuß durchzuwaten, was er liebend gern getan hätte, oder mit großen Sprüngen drüberzusetzen. Er tat das Letztere, wobei er die Spatzen, die sich genussvoll im Wasser balgten und aufplusterten, verscheuchte. Sie schimpften noch lange hinter ihm her, als er mit ausgreifenden Schritten unter den tropfenden Bäumen dahineilte. Mit Vergnügen nahm er die Sturzbäche wahr, die neben dem Gehsteig mitsamt dem Unrat in den Kanalgittern verschwanden. All das würde sich in die Donau ergießen und wie immer würde sie auch das mit Gleichmut aufnehmen.

Schon stand er an ihrem Ufer. Sie ließ ihr Wasser kräuseln und wirbeln, tanzen und schäumen. Die Verspieltheit ihrer Oberfläche verbarg die ungeheuren Kräfte, die man nur erahnen konnte. Eilend trieben die Fluten ihrem fernen Ziel entgegen. So, als könnten sie es nicht erwarten, einmal im Kreislauf der Natur geläutert wiederzukehren.

Ein letzter Blick galt dem drängenden Strom, bevor er sich mit freudiger Zuversicht heimwärts wandte.

* * *

Maria Hauser

Als wäre nichts gewesen

Erzählungen, Erinnerungen, Gedichte

Die Geschichten der Erzählerin Maria Hauser machen eher nachdenklich als süchtig. Hat man eine zu Ende gelesen, stürzt man sich nicht sogleich auf die nächste, sondern legt das Buch zur Seite, schließt die Augen, denkt nach und ist Maria Hauser dankbar, dass sie wieder eines dieser Lebensmosaike gezeichnet hat, die im Alltag so leicht untergehen. Maria Hausers Erzählungen werden so zu Denkmälern für Menschen, die sonst samt ihrem Schicksal vergessen wären, und wir hätten wieder einige Nachrichten weniger von der Gnadenlosigkeit des Lebens und der Zartheit der Liebe.Da uns Maria Hauser darüber hinaus mit köstlichen Erinnerungen einer Kindergärtnerin und Mutter erfreut, können wir das Buch am Ende mit einem herzlichen Lachen zuklappen.

gebunden, 115 Seiten, € 14,90

Eugenie Kain (Hg.)

Nicht nur der Himmel hat geweint

Hochwassergeschichten aus Mitterkirchen

Das Bundesland Oberösterreich und insbesondere das Mühlviertel waren von der Hochwasserkatastrophe im August 2002 schwerst betroffen. Zahlreiche Menschen verloren ihre gesamte Habe, ihre Häuser wurden unbewohnbar. Manche von ihnen, darunter sogar Landwirte, mussten ihren Besitz aufgeben.

In diesem Buch erzählen Betroffene aus Mitterkirchen mit den verschiedensten literarischen Mitteln, wie sie die Katastrophe erlitten haben, wie sie Hilfe erfuhren und wie sie ihre furchtbaren Erlebnisse aufgearbeitet haben.

gebunden, ca. 170 Seiten, € 17,90

Maria Hauser
Gras zwischen den Steinen
Geschichten aus dem Mühlviertel

Zäher Lebens- und Überlebenswille unter widrigen Umständen ist das gemeinsame Thema von Maria Hausers Mühlviertler Geschichten.
Sie erzählen von Knechten und Mägden, ledigen Kindern und armen Keuschlern – und von dem mühevollen Ringen dieser Menschen auf dem kargen Boden. Ihre warmherzige, aber unsentimentale Schilderung menschlicher Schicksale gibt uns einen Einblick in das Leben in unserer Heimat, wie es vor 50 Jahren noch alltäglich war.

gebunden, 120 Seiten, € 14,90

Maria Hauser
Der erste Schrei
Aus den Erinnerungen der Mühlviertler Hebamme Rosina Riepl

Neben dem Arzt und dem Priester hat die Hebamme den intimsten Einblick in das Leben der Menschen. Die Erinnerungen der bereits zu ihren Lebzeiten legendären Geburtshelferin Rosina Riepl sind deshalb auch ein wertvolles Stück Alltagsgeschichte.

gebunden, 160 Seiten, zahlreiche Fotos und Abbildungen, € 17,90

Maria Hauser
Nur eine kleine Weile
Alltagsgeschichten und Erinnerungen

In ihrem zweiten Erzählband nach „Gras zwischen den Steinen“ versammelt Maria Hauser wieder die Unscheinbaren, die Vergessenen, zusammengenommen: die einfachen Leut', um ihnen ein kleines Denkmal der Erinnerung zu setzen. Ihre prägnanten und berührenden Geschichten bestätigen einmal mehr Maria Hausers literarisches Profil: eine liebevolle Erzählerin mit großem sozialen Gespür.

gebunden, 162 Seiten, € 17,90

Maria Hauser
Valeries Baum
Erzählung

Valerie ist die Frucht einer Beziehung einer jungen Mühlviertlerin zu einem französischen Kriegsgefangenen. Ihre Mutter ist eine antriebsarme Frau, die sich durchs Leben treiben lässt und darunter leidet, dass sich immer alle Umstände gegen sie verschwören. Das Umfeld der heranwachsenden Valeries ist geprägt von der materiellen und emotionalen Kargheit der Nachkriegszeit. Ihre wichtigsten Gefährten dabei sind eine Katze und eine Birke. Am Ende ist die Katze tot und die Birke vom Blitz gefällt, aber Valerie steht sicher auf ihren eigenen Beinen.

gebunden, 160 Seiten, € 17,90